AF279696

LA MUERTE DE UNA PELUQUERA

JOSÉ RAMÓN BOXÓ CIFUENTES

LA MUERTE DE UNA PELUQUERA

EXLIBRIC

ANTEQUERA 2024

JOSÉ RAMÓN BOXÓ CIFUENTES

LA MUERTE DE
UNA PELUQUERA

I

Noticias de prensa. Sucesos.
Tras diez años de investigación, la Policía da con el
asesino de Gloria B. I., quien contaba entonces con veinticua-
tro años, un trabajo como peluquera, un perro llamado Jaime y
una historia de maltrato y penas.

Anotación i

Ha pasado un año, acaso dos, quizá tres. No puedo establecer fecha exacta en el calendario, porque la cronología del sentimiento es incierta, voluble, difícil de precisar, marca los tiempos de distinta manera, al ritmo del dolor, de la angustia o la tristeza. No se somete al rigor de la doctrina de la causalidad, que exige un antes claro, evidenciable, al que le siga un después; no al revés, que es anómalo, confuso para la razón, que recela de la aflicción que auguraba un mal, tenía un presentimiento o sentía de forma clara la causa como evidente y nadie, salvo ella, afirmara que el efecto apareció antes como una perturbación del ánimo, una corazonada nefasta, una inquietud intensa, y no después: que ya todo dolía de antemano, aunque la mano asesina aún estuviera escondida, encubierta, y mirara de soslayo sin que nadie presumiera lo que era capaz de hacer, ni antes, tampoco después.

En ocasiones, el tiempo avanza con paso lento, con la parsimonia del que nada le duele y por nada se inmuta, ni parece preocuparse por la fortuna ajena, porque el clamor de justicia no le llega, lo roza apenas, sin conmoción ni conciencia; otras veces la cronología viene acelerada, brusca, solapando acontecimientos que no permiten distinguir lo que antes fue y sería después, sin tiempo para la reacción correcta, la que pone las cosas en su sitio: primero, la causa; la consecuencia, después.

Existen dimensiones en las cuales el tiempo se detiene, queda paralizado en un momento que es y será por siempre presente, guardando con celo su significado, anacrónico para el que lo contempla desde afuera sometido a las mudanzas y mutaciones de la vida, y cree que las cosas pasan y dejan de tener sentido, dejan de doler. Pero para el que ha accedido a la experiencia, que lleva el estigma y la llaga abierta, es eterno, inmutable, permanente como la escena plasmada en una pintura, o el gesto doliente de una escultura que emite su grito de angustia para siempre.

Unos viven en un tránsito, otros han llegado a su destino, mientras que otros, menos afortunados, no abandonan el punto de partida, han quedado detenidos, paralizados en el tiempo por el agravio, la ofensa, aturdidos para siempre, sin posibilidad de avanzar, sin razones, sin fe.

Para ellos no existen límites determinados que separen los momentos como si fuesen un fotograma fijo de una película, o una escena permanente en la página de una novela que ha perdido el resto de sus hojas y solo permite una lectura reiterada y obsesiva del mismo acontecimiento, sin cadencia ni relación con otros instantes, sin progresión del tiempo.

Por eso, a toda investigación no le basta con ser razonable en los argumentos, con guardar la debida cautela, sino que requiere de la intuición del origen del mal que despierta los sentidos y la angustia en el pecho que oprime y guía, aunque perturba el pensamiento.

ANOTACIÓN 2

Como efecto indeseado y adverso, que traen adherido en sus entrañas todas las cosas, las que se hacen y las que se sueñan, lo que yo había investigado ahora parece que perteneciera a otra persona, lejana, desconocida, como si yo no existiera, como si lo que ahora se afirma no estuviera presentido y elaborado a partir de mis observaciones, unas veces aisladas, porque el sospechoso partía de viaje, o no salía durante varios días, o enlazaba turnos y guardias para que no se lo viera, para agotar al observador y, agotado, desistiera; otras veces, parecían enlazadas, revelando una lógica interna que señalaba al origen del hecho, aunque, nunca lo di por descartado, pudiera provenir de mi imaginación y confundiera.

Hace dos años, más o menos, no importa dar una fecha exacta como referencia, cuando fui apartado de la investigación porque la familia de la víctima y la prensa, que seguía el caso y hacía sus pesquisas de forma paralela, me señalaban como estorbo, como mal agente, lento y torpe, al que el delito vence y no da con el culpable ni captura la presa, escribí estas páginas que ahora vuelvo a leer, para dejar constancia, poner orden y reivindicar mi labor que fue cuestionada y ahora no se menciona, se olvida, y son otros los que reciben el reconocimiento que no merecen, porque allí estaban todos los datos suficientes para detener al culpable e instruir su juicio de forma segura y diligente.

Cuando escaseaban las novedades, cuando la investigación nada nuevo obtenía y las preguntas de la gente que comenta, que elabora sus propias conjeturas con atribución de certeza, para aparentar una sabiduría que compense la necedad que en otras materias muestra; de los periodistas, que necesitan llenar columnas a diario para dar alimento a las vidas vacías o llenas de miedo que son atraídas por los sucesos y se aburren con la política y las novedades de la ciencia; de la familia, que se nutría del manantial de su pena que, con frecuencia, se trasformaba en ira que siempre busca una diana, un destino de humana carne que se resienta, sobre el que verter la culpa y que alguien pague, aunque no sea el responsable, crecían en número y, con ellas, la angustia que provocan las preguntas sin respuesta, los interrogantes abiertos que se rellenan de especulación, de perversa imaginación, donde cada uno atribuye al asesino el mal que se le ocurre porque percibe para sus adentros que lo comparte y lo reconoce, que no está tan lejos como se piensa, o a la víctima el temor que paraliza, porque se sabe frágil ante el engaño y la violencia, me convertí en el recurso que todos necesitaban para descargar la hiel que en las vísceras molesta.

Bajo el amparo que daba mi atribuida torpeza, podía explicarse la falta de progreso en las averiguaciones, el descarte de sospechosos que entraban bajo insultos en las comisarías y las abandonaban sin disculpas de nadie ni desagravio público, convencidos de la veleidad del juicio popular que quita la fama y deja el nombre mancillado para siempre, que ya no se recupera porque cuando el río suena, agua lleva. Y, por encima de todo, la decepción en las almas por el paso de los días que llenaban con un olvido paulatino, gradual e inexorable el recuerdo de la muerta con sus tres puñaladas en el pecho, una de ellas mortal, certera, que se pudría en su enterramiento, porque el juez denegó la cremación por si una nueva autopsia se viera como necesaria para comprobar algún dato, obtener una prueba de la carne descompuesta, o dar la impresión de que el interés no cesa y que no se repara en medios, aunque se incomode a la muerta.

ANOTACIÓN 3

Mi incompetencia era la causa, la explicación correcta de por qué las cosas no avanzaban y dejaban caer, como corolario del argumento, que cuando un funcionario no hace su tarea, se lo retira para que venga otro que sepa hacer su oficio y que encienda la ilusión por la causa resuelta que ya andaba extenuada camino de los archivos del olvido donde abundan los crímenes sin autor reconocido, las joyas perdidas que alguien llevará puestas, el dinero extraviado que nadie encuentra, y se llenan las calles con los asesinos libres para volver a delinquir, reincidir en la falta, afirmarse en la violencia; de ladrones con nuevos planes para hacerse con lo ajeno con la impunidad como premio, y defraudadores con la cara lavada por el tiempo, que se exhiben como empresarios y triunfadores en las galas y las fiestas, como un ejemplo a seguir por los jóvenes emprendedores que anhelan el éxito y la vida buena.

ANOTACIÓN 4

Empecemos por el principio. Tranquiliza disponer de un principio, de un origen donde todo comienza y parece contener las semillas que, con posterioridad, se desarrollan y muestran lo que estaba larvado, disimulado, encubierto, pero con su potencial nocivo al completo.

También porque el principio parece presuponer que existe un final que ansioso espera y entre ambos, como un paréntesis de tiempo, los acontecimientos, los hechos, los males, la fortuna que sonríe o la suerte adversa, guardando un cierto orden, una disposición razonable que haga del mal algo controlable, para que no ocurra a otros lo que a alguien ocurrió, y permita que los que vengan después puedan escapar del lazo asesino, porque la lógica ofrece sensatez al que la escucha y en ella se ejercita para ver venir las cosas y evitar que vuelva a pasar lo que a una joven peluquera ocurrió, porque no fue prudente ni suspicaz, sino temeraria y confiada, dando a entender que solamente a los infortunados necios los alcanza el mal y la muerte violenta.

Tampoco deseo descargar mi enojo hacia los que me criticaron en público o en privado, que profirieron en mi contra toda clase de descalificaciones e insultos hirientes, y que después guardaron silencio, me retiraron el saludo para ahorrarse la disculpa y me desecharon, no por equivocarme, sino por estar en lo cierto. Al enojo inicial que me tenían por las responsabilidades imputadas, lo ha seguido otro tipo de coraje y de irritación: la que despierta aquel que tenía razón y que parece alimentar la soberbia del que debe disculpas, ya no pedir perdón, que parece más intenso, más sentido en la conciencia.

Las disculpas las diferencio del perdón en que preservan de la vergüenza, disimulan la rabia por el error, reservan un cierto grado de razón, que algo de culpa había en la víctima, aunque menos que en quien la mató.

Después de todo, puede ser útil describir lo que yo pensaba por dentro, lo que veía, lo que me decían, organizado como un relato con su principio y su final por si hubiera pedagogía en ello, alguna enseñanza de la que la prevención surgiera y evitar algo que pudo ocurrir y no ocurrió, aunque lo que se previene y no pasa, nunca se sabe, queda oculto sin nacimiento y da lugar a la duda sobre si el esfuerzo es el adecuado o si es inútil y nada podemos hacer, porque solo tenemos acceso a los males que se sufren, nunca a los que se previenen, que tan solo se deducen si las estadísticas del crimen descienden o si se cambian los nombres a los delitos para que pesen menos o no pesen.

Anotación 5

Notas de hace tiempo, un año o dos, acaso tres; no puse fecha en los encabezados porque entonces yo vivía fuera del tiempo, en un espacio detenido, congelado en el instante, en el momento, en la comisión de los hechos, en la dimensión de las almas que esperan que el pasado cierre su puerta y se abran las del presente y el futuro sea posible, si bien de otra manera, de la que no se esperaba ni se espera, mientras mi vida se encaminaba a la deriva del presente, apartado de la investigación, encargado de hechos menores, de reyertas entre bandas y míseros hampones, en la descomposición de mi familia y en la pérdida de la mujer a la que quería y sigo queriendo.

Como una inquietante paradoja moral, este hombre, a quien dediqué esfuerzos de metódica persecución durante los últimos años en espera de un error, de un paso en falso, de una señal que lo incriminara, que diera contenido y respaldo a mi sospecha, parece convertirse en lo único que queda de mi vida pasada, de tal manera que me cuesta olvidarlo encerrado en una celda, como si los datos que yo acumulaba sobre su vida y los que recabé del cuaderno, hace tan solo seis meses, que proporcionaron las claves para su irrefutable inculpación (porque en muchos asesinos existe una vanidad de escritor por disponer de una historia que nadie puede contar, ni siquiera imaginar, salvo ellos, que guardan los secretos, las decisiones de la mente, los placeres del cuerpo, la atracción irresistible y los menosprecios), me infundieran un nuevo aliento y sentido para mi permanencia en esta tierra desolada por la maldad y el infortunio.

Me debato en la búsqueda de una explicación sensata a su comportamiento. No alcanzo a tener claro si se trataba de un sujeto que esgrimía la moral del amo, del *Übermensch,* como el impulso incontestable de sus decisiones, que impone sus deseos y pasiones a las personas que caen, como en una pérfida celada, en su círculo de influencia y seducción, o si estaba ante un vulgar pervertido que enmascaraba su corrupción en la exhibición de una refinada educación de colegio de pago, y de su amplia cultura al servicio del deseo lascivo adornado por el lenguaje, pero desnudo ante el daño provocado y el sufrimiento que lo precedió.

La primera suposición se blinda contra la segunda por el resentimiento que pudiera existir en la descripción como pervertida o corrupta de sus actos: los que no podemos realizar esos excesos porque un control interior nos lo impide: el temor de Dios, la vergüenza pública, el dolor por el dolor del prójimo, las normas inculcadas por la familia, los propios convencimientos…

Los que no tenemos otro recurso para paliar la envidia del proceder de los nobles y poderosos, que el dictamen del juicio moral al que no es difícil ponerle objeciones, explicitar contradicciones y elevar al absurdo sus restricciones.

Algo que resuena en mi interior me hace temblar ante esta acusación: no puedo negar que el doctor López de Balboa acabó ejerciendo una cierta fascinación sobre mí: no la del noble que disfruta de su presa y luego la desprecia y mata, sino la del hombre hábil que quiere sortear a la justicia, porque no la reconoce y le molesta que limite sus imposiciones, que estorbe que sus deseos se conviertan en hechos, y que trate igual a la víctima que a los sagaces y poderosos consentidos por la naturaleza: una aspiración al absoluto donde el yo es supremo e inalcanzable.

Es posible que la indagación prolongada durante casi cuatro años, la obtención intermitente de datos reveladores de su personalidad, saberes, gustos y hasta fantasías me situara en el deslizadero de apreciar cierta belleza donde no la había, sino nada más que la fealdad del sufrimiento infligido de la muchacha muerta con el corazón roto con sus cámaras abiertas, no por amor, sino por la crueldad del cuchillo rompiendo sus paredes y venas; cierta excepcionalidad en su conducta refinada donde tan solo existía el desenfreno de las bajezas comunes a los seres humanos cuando no hay moral ni sensibilidad que los contenga; cierta lógica en su concepción del mundo, la vida y las relaciones humanas, donde tan solo existiera un salto al vacío de la irracionalidad, en la que nada tiene orden previsto y todo se crea a cada instante sin referencias.

Cuando uno se sumerge tanto en su materia, puede acabar descubriendo muchos aspectos interesantes como el especialista que, al analizar restos biológicos, es capaz de descubrir microrganismos vivos en los excrementos que observa a través de su microscopio y se da cuenta de que hay vida compleja hasta en la mierda.

La inquietud que todavía me produce su imagen cuando desde el último banco de la sala lo observaba en silencio ante el juez: impertérrito, con la soberbia afirmación de su responsabilidad en la ejecución de los hechos, huyendo de excusas que dejaba en manos de su letrado, lejos del arrepentimiento, rechazando todo perdón como una debilidad de los que no quieren asumir sus culpas y prefieren pagar por ellas, hablando de la muchacha como de un animal atropellado en una noche de niebla, aturdido por el alcohol, casi sin darse cuenta, no como una muchacha que ama y sueña.

Sin embargo, su figura, otrora sustentada en una arrogancia sin límites, ahora languidece lentamente esculpida por la tristeza proveniente, no del dolor por el mal cometido, sino por el efecto implacable que hace sobre las almas la rutina pertinaz del encierro, el pensamiento sin respuesta, la ausencia de espectadores, la soledad completa que lo convierte en su propio enemigo, su juez y su verdugo cuando ya nadie se interesa como si fuese yo el que le suministraba vida, aliento, mientras dormía y yo estaba afuera pasando frío, incómodo en la camioneta, esperando una llamada, una visita indiscreta, un error, un atisbo, una respuesta.

Anotación 6

A medida que tengo acceso a los escasos datos que me llegan provenientes de la investigación, que me provee un compañero todavía leal y amigo, en voz baja, seguro de no ser visto, ni oído, ni grabado por las cámaras que vigilan los pasos de la gente buena por si un día dejan de serlo y dan lugar al canalla que llevan dentro, pero descuidan al asesino que siempre se escapa, nunca aparece. Lo que de mi vanidad queda o de respeto propio, según se mire, experimenta una cierta compensación al comprobar que nada avanza más ni mejor sin mí, que yo no era el problema.

El expediente permanece con los datos provisionales, lejos ya de mi alcance y participación, del que fui relegado porque algún superior cuestionó a mis espaldas mi competencia, o mis iguales en rango se resignaron a darlo por perdido, porque hay misterios que jamás se resuelven, y es necesario saber abandonar a tiempo, cargar con el fracaso, aceptar que el mal triunfa, vence, ileso escapa, y se deleita sin conciencia ni remordimiento; a dejar de ampliar sospechas, de consumir recursos y esperanzas abiertas, tras varios años de paciente y atento repaso de los hechos, de los datos de la autopsia: mujer joven por tres cuchilladas muerta, una en el pecho, que desgarró su corazón rompiendo las valvas de la mitral y sus cuerdas; las entrevistas a amigos, a la familia, a compañeras de trabajo y a los novios que dejó, de los que siempre se sospecha, y el seguimiento iniciado seis años después del crimen cuando, por casualidad, Marta, una compañera de la peluquera, reconoció al cliente en una visita al hospital Virgen de la Victoria, cuando llevaba a su abuela, del acaso solo para mí, principal sospechoso, en quien adivinaba la huella de la maldad, el rostro del crimen, el entusiasmo por ser escrutado, perseguido, conocido por otros que indagan en sus hechos, destrezas, singularidades, sin haber hecho una obra de arte, un acto de grandeza, una marca deportiva o una próspera empresa.

La vanagloria, si bien no parece influir en el crimen, sí lo hace en su ocultamiento, porque disfruta del rastro borrado, de la ausencia de pruebas, y refuta los argumentos que incriminan y los deja como falsos, como errores del pensamiento y aciertos de la inteligencia que alienta tanto al mal como a la ciencia.

Se sabía mirado desde afuera y esta certeza le permitía desplegar su representación cuidada, el personaje que no era, pero que el crimen le proveía de espectadores para escenificar, confundir, seducir a cualquiera con la imagen sostenida tanto tiempo aportando buenas maneras, vida irreprochable de ciudadano que vota a la derecha, defrauda a hacienda con moderación sin que se sepa, bien considerado en el trabajo, que tiraba el papel a las papeleras, y solo un punto oscuro que nadie explicaba y que a la casualidad se deja: los encuentros con la peluquera. ¿Para qué cortarse el pelo, arreglarse la barba, hacerse la manicura en ese establecimiento a las afueras, lejos de su casa, de su trabajo, de los lugares que frecuenta? ¿Por qué acudió cuatro veces y anuló la quinta cuando supo que Gloria no podía atenderlo ese día porque estaba enferma? Sin embargo, no se demostró amistad, ni encuentros, ni registro de llamadas, ni nadie que juntos los viera. Todas sugerían coincidencias entre un cliente y una peluquera.

ANOTACIÓN 7

Ahora que estoy obligado a considerarme lo que otros me consideran —mero espectador de los procedimientos que se aplican para instruir las diligencias, aunque las notas, los indicios y las conjeturas me pertenezcan, hayan surgido de mi cabeza—, una compleja reflexión va configurándose en mi conciencia.

Compleja porque indaga en el alma ajena, terreno propicio para la perplejidad. También porque en la propia la ajena se refleja y puede generar espanto, tristeza, debido a que el mal habita de la misma forma en las almas que tenemos como buenas. Sin embargo, en ellas se contiene, se vence por la fuerza de otros sentimientos que en el criminal parecen ausentes.

Me pesa el tiempo empleado que, en gran medida, determinó y consumió mi vida, mis posibilidades, aplazando y después destruyendo sueños y proyectos, relaciones y afectos, empeñado en resolver una causa ajena en nombre de los que reclamaban justicia; me deja una sensación de vacuidad, como el amor que, cuando se consuma, se consume sin dejar otro rastro que la pena.

Este tiempo que, para los demás compañeros del cuerpo y los jueces, se agota en un informe que no tiene mayor duración que una cifra desnuda y la consideración de los minutos que agotan la lectura de los cuarenta y dos folios, veintiocho fotografías y cuatro grabaciones, en los que resumí mis pesquisas, mis afanes, mis vigilias, mi tormento, el desafío por vencer a quien una cierta intuición sobre el agente del mal me señalaba como el autor de la barbarie, aunque los demás lo absolvieran, no lo tuvieran en cuenta porque veían improbable que un cliente matara a una peluquera.

Para ellos se trata tan solo de frases enlazadas a la manera de una argumentación coherente para convencer a la justicia de que sea justa: ni rigurosa, ni misericorde, sino precisa, lejos de toda desmesura, como la balanza que sostiene su ceguera. Para mí, se acercan al reflejo de una pasión por el esclarecimiento de la verdad, por la obstinación en confiar en lo justo, trasladarlo desde el limbo donde se encuentra a la realidad de los que sufren vejaciones y afrentas. Que cada uno reciba lo que merezca: la muerta, justicia; el criminal, la condena, y por la necesidad de que todos los esfuerzos y horas dedicadas al caso merecieran la pena, para que nada de lo que se hizo en lo oculto quede en la sombra, y lo malo y lo bueno por todos se sepa.

No niego que también me anima una esperanza de restitución de mi nombre, porque la condición humana hace que el comentario que más perjudique a la reputación de alguien es el que suele darse por cierto y verdadero, y mi nombre lleva consigo la mancha del descrédito, el adjetivo asociado que lo descalifica, y por ese vínculo extraño que une el nombre con el alma y con el cuerpo me duele y duelo.

ANOTACIÓN 8

Pasaron los años buscando un asidero, un hilo conductor, un dato cierto, observándolo, siguiéndolo, velando su sueño, acercándome a sus amistades, preguntando con cautela a sus amantes, sus vecinos, sus pacientes, tras él, convencido de mi intuición, sustentada en algunas pruebas que obtuve de los informes guardados en los archivos, en las hojas de seguimiento que se conservan, en el rastro del teléfono, en la memoria vaga de los que ese día también trabajaron y de algo se acuerdan cuando revisan informes, prescripciones, alguna anécdota del día que siempre se recuerda, aunque lo demás se olvide y no se afirme cosa concreta: tres horas de guardia en las que no lo llamaron al área de urgencias, ni se le vio en la cafetería, ni recibió llamadas ni las hizo, ni habló con las enfermeras.

El teléfono no se movió de su mesa, como si durmiera, pero era temprano para dormir de noche y tarde para la siesta. Cierto que tampoco nadie lo vio fuera, ni abandonar el hospital ni subir al coche, ni los guardias de las puertas que saludan a los que salen y reciben a los que entran, aunque nada afirman, de poco se acuerdan, porque si no ocurrió algo especial, la memoria no registra la rutina por redundante y parecida todos los días sin diferencia. Tres horas en blanco que coincidían con las de la desaparición de la muerta que se despidió de sus compañeras a las nueve y cuarto de la noche, que no quiso ir con ellas a tomar una cerveza porque estaba citada sin decir con quién ni dónde, pero ilusionada se la veía, notaron sus compañeras.

Después el rastro se pierde. No se supo dónde estuvo ni con quién, solo que apareció muerta en un descampado a las afueras con tres puñaladas: una de ellas mortal, certera; las otras dos por ensañamiento, porque fueron después de la primera, según apreció el forense cuando abrió en canal su pecho sobre la gélida mesa y ya no sangraba, porque tenía la sangre coagulada en sus venas.

Hablé con todos los conocidos ampliando el círculo de las relaciones. Primero los más allegados, después los menos afectos. Revisamos sus coartadas, los lugares y tiempos, las pruebas que refrendan, los datos que contradicen los argumentos que se piensan, personas y documentos.

El último novio y otro anterior que tuvo: desde cuándo no se veían; por qué dejaron la relación; si se llamaban; si la ruptura fue acordada o si fue dolorosa y para quién; si hubo señales de maltrato, de dominio sobre la pareja, de insistencia de varón abandonado que después amenaza y luego hiere siguiendo un orden cobarde y asesino: primero a la mujer, luego a sí mismo para no asumir culpas y burlar a la justicia aplicando su propia pena sin confesión ni gesto arrepentido para conservar el poder sobre su vida y la ajena.

Analizamos a las compañeras, su trato, los roces del trabajo que, en ocasiones, se enquistan y dan lugar al odio y a los malos deseos; a los clientes, porque nunca se sabe las intenciones que se guardan bajo las cabelleras, si algo o alguien les llamaba la atención y por qué lo sustentan.

Un testimonio me encaminó a buscarlo, a preguntar por él: una compañera se dio cuenta de la preferencia del cliente, de que solo quería que Gloria lo atendiera.

Mientras recortaba el cabello, perfilaba la barba y depilaba sus cejas, el cliente le decía palabras lisonjeras, sin exceso, comedidas como veneno, para que el efecto sobre ella despertara su interés, tragara el anzuelo, abriera la posibilidad a una aventura, porque le pareció un sujeto interesante, diferente de los muchachos arrogantes, sin malicia en la presentación, a los que se veía venir de lejos y que no tenían más de una página de lectura en lo que daba su cerebro. Este era diferente: modales de caballero, apuesto, soltero, leído, había viajado al extranjero, ocultaba la arrogancia y su estrategia bajo una máscara de humildad, de obligado celibato porque nadie lo había querido como era necesario quererlo.

Un día, tras abonar el servicio en efectivo, como siempre —nunca usó tarjeta—, Gloria lo acompañó hasta la puerta. Entre risas algo se dijeron. En algo quedaron para verse. Después regresó a su puesto, pensativa y contenta, para trabajar otras barbas y cabelleras, pero con el pensamiento ido hacia fantasías y quimeras. El asesino ya participaba de su ensueño. La realidad era ilusión; la evidencia, encantamiento, y sus emociones, engaño del pensamiento.

Vino dos veces más y faltó a la tercera porque ella no estaba, estaba enferma.

La compañera no pudo aportar más, no volvió a verlo, no sabe quién era. Con el tiempo su rostro se desvanecía, se confundía con otros, tomaba rasgos prestados de otros hombres que circulaban por las calles o se exhibían en los rótulos de publicidad, en los carteles de las películas, y se confundía cuando le mostraba fotografías de delincuentes, de presuntos asesinos que en su haber tenían otras muertes y podían añadir la de Gloria a su cuenta, porque hay criminales que no se conforman con un crimen, sino que valoran la cantidad, el volumen del mal cometido, que uno solo les parece poco y anhelan contar con muchos más sin temor a las consecuencias ni conciencia del mal.

En el cuaderno de notas escribía el esbozo de lo que parecía una novela, varios capítulos, notas al pie y correcciones de frases enteras.

Me hice con el cuaderno por casualidad, como ocurren muchos hallazgos de la ciencia, y por estar allí, apostado en su puerta, ya relevado del caso sin licencia para continuar, pero con el empeño intacto sostenido por la razón y la vergüenza.

Salía del domicilio, con su cartera en una mano y la chaqueta plegada en la otra, con la cual sostenía la bolsa de basura, amarilla por más señas. Al tirar la bolsa al contenedor, levantó también la chaqueta. Pude observar como de uno de sus bolsillos resbalaba una libreta que cayó con la bolsa en la basura sin darse cuenta. Esperé a que se alejara para recuperarla y marcharme antes de que la echara de menos y regresara a buscarla y me descubriera. La encontré entre mondas de patatas, cáscaras de plátanos y compresas. La agarré con todas mis fuerzas, era mi recompensa. Quizá tenía en mi mano todas las respuestas, la reivindicación de mi paciencia, el soporte de mis sospechas, la justicia para la muerta.

Las anotaciones guardaban un cierto orden. Comenzaban por la primera página porque la libreta era nueva, de esas de anillas, tamaño de cuartilla y cuadriculada para que la escritura no se desviara como lo hacían su voluntad e inteligencia.

La caligrafía ponía de manifiesto destreza al escribir. Algunos párrafos parecían escritos en la calle, de pie, para aprovechar la inspiración del momento. Otros estaban más reposados, apoyados en una mesa, tenían más palabras, más florituras del pensamiento, se conoce que los escribió en casa o de guardia con más tiempo.

La primera anotación tenía una fecha como encabezado que coincidía con la primera visita a la peluquera. Corría el mes de abril de aquel año, era primavera. Se ve que la muchacha le gustó y se prendó de ella.

Cuando se lee, parece carta de enamorado, el inicio de una devoción sincera.

Entre las pertenencias de Gloria no se encontró copia. Acaso en ella estaba parte del contenido de los halagos que escucharon las compañeras y palabras que le diría durante las citas en que se vieron los días de lluvia y las noches de luna llena.

Ahora que hablen otras anotaciones y pruebas.

Anotación 9

«Gloria, se llama Gloria y me ha gustado. Cuando está callada, concentrada en su trabajo, cortando pelo, dando forma al peinado, mientras espero mi turno, la miro de soslayo, a veces de frente para sostenerle la mirada y que sepa que atrae mi interés, que no me ha pasado desapercibida, que estudio sus rasgos, sus gestos, sus miradas, que los convertiré en material de mis sueños, en objeto de mis deseos y en un revulsivo para mi existencia.

Cuando habla, cambia. Es más intensa, apasionada, se ríe después de las palabras que ha lanzado al aire esperando que alguien las entienda. Entonces me fijo en su boca y la quisiera para mí, para que recorriese mis labios, mi piel, como una corriente desenfrenada. Iré paso a paso, hablando de ella más que de mí, que hable ella y yo nada más siga sus comentarios, porque alguien que escucha gusta más que el que de sí habla y habla, que se le nota la inseguridad y que busca espectadores para su espectáculo.

El que habla mucho, aburre; el que escucha, encanta, porque moldea con breves intervenciones las palabras y obra el sortilegio de la apariencia, de ser el que se espera, con el que se sueña, la excepción que se echaba en falta, la complacencia en la existencia de lo que ya se dudaba».

Había estrategia en las palabras de este primer escrito, plan para realizar sus deseos, veladas sus intenciones, trampa en su apariencia, carnada estudiada para atrapar a la presa.

Cierto que el texto por sí solo no inculpa, pero el sentido de toda investigación consiste en relacionar la parte con el todo, el dato aislado con la fuente de sus significados.

Pudiera ser tan solo una nota de alguien interesado, bien en la muchacha, bien en el relato que lo estimulara para concebir una narración que después publicara; que la muchacha no le importara más que otra joven que inspirara su talante de escritor y que en el hospital no la encontraba, ni entre sus amistades, sino que vagara por las barriadas en busca de rostros, de vidas alejadas de su mundo para investigar lo que se siente, lo que se piensa, cuando se ha nacido obrera y se trabaja de diez a ocho como peluquera con un breve descanso para comer y con escasas esperanzas de una vida diferente que él se encargaría de representar.

Los escritores son capaces de buscar la inspiración en cualquier parte, de las formas más insospechadas.

Recuerdo haber leído en un tomo de la inmensa *Enciclopedia Espasa* una reseña que descubrí sin pretenderlo, que me salió al paso cuando en los recesos que hacíamos los estudiantes en las salas de lectura de la antigua Casa de la Cultura que mantenía oculto y sojuzgado al teatro romano, en lugar de salir a fumar un cigarrillo, estirar las piernas entumecidas en su flexura permanente de horas con el torso reclinado hacia delante sobre el libro o los apuntes, y la cabeza sujeta entre las manos para que no se distrajera con los movimientos de los estudiantes vecinos o con el rostro de una chica que hacía soñar y llevaba el pensamiento desde el tema árido hacia el amor o la lujuria, me entretuve ojeando en un tomo al azar una entrada: *Stieglizt*. No recuerdo con exactitud la ortografía, poeta alemán, romántico, que, en una crisis creativa, sugirió a su esposa que se suicidara para que el dolor por su partida despertase su inspiración para redactar el poema que lo hiciera inmortal.

El dolor ajeno asimilado a propio, por tanto, rebajado, desnaturalizado en su paso por la imaginación, podía buscarse como un objetivo personal, más allá del simple gesto de ver sufrir propio del sadismo, como un ingrediente necesario para el desarrollo personal, la superación de la vanidad infinita en crisis.

Otro ser humano podía ser despojado de su individualidad para convertirse en personaje de una obra, de un poema en el cual resonara el espíritu compungido y atormentado del escritor que desplaza al muerto o herido por la vida para colocarse en el centro de la atención y recibir la pleitesía soñada.

Un componente parecido al poeta romántico me pareció percibir en la primera nota del cuaderno.

Tuve cuidado en reconocer la asociación inmediata que hice de los dos textos, la lectura de adolescente y la lectura actual que tenía entre mis manos.

Evité dar un rango de interpretación cierta o indubitable a mi intuición, aunque en ningún momento la deseché como falsa, como imposible, porque la petulancia humana es sorprendente, insaciable, nace de la inseguridad ontológica del ser humano que requiere la confirmación, el reconocimiento de cada palabra, cada hecho, para sentirse seguro durante un tiempo, el que dura el engaño, lo que dura un sueño.

Me propongo ordenar los acontecimientos, configurar con las anotaciones un relato, para recuperar el sentido de la flecha del tiempo: el origen de los hechos, su desarrollo y el aparente final del proceso. Aparente tan solo, porque para muchos no ha muerto y permanece activo en el perpetuo dolor del corazón afligido, de la desolación por el recuerdo. Empiezo.

II

Martes de primeros de marzo, frío y lluvioso, de madrugada, hace ahora diez años, el comisario avisó a mi brigada para que nos desplazáramos a las inmediaciones de una finca en la barriada de Campanillas debido al descubrimiento, por parte de unos agricultores de la zona, de un cuerpo enterrado cerca de una acequia y que, con las torrenteras causadas por la lluvia, había quedado parcialmente descubierto.

El campo de Campanillas agoniza ante el avance de las edificaciones; desaparecieron las extensas zonas de siembra que, aprovechando las aguas del río Guadalhorce, fertilizaban cultivos de caña de azúcar y de remolacha.

Ahora solo quedan algunas hectáreas de huerta, las antiguas acequias casi secas, los senderos de labradores transitados por bicicletas, y la añoranza de los más viejos que se despiden de sus labores y de sus tierras por las ofertas que a sus descendientes hacen las inmobiliarias: cuando se vive en las ciudades, el amor por la tierra concreta se debilita y el peso del dinero cuenta más que cualquier fidelidad a la memoria, al trabajo de los ancestros, a la tierra fértil de las huertas.

Las lluvias trabajan a favor o en contra de los investigadores. Pueden descubrir cadáveres ocultos; objetos escondidos, como las joyas votivas de Guarrazar; pruebas camufladas, cuando arrastran materiales dejando en superficie lo que se encontraba en terreno profundo y ejercía de abrigo del mal, preservando su poder como una semilla a la espera de brotar.

También pueden favorecer al culpable cubriendo con una nueva capa de sedimentos lo que había sepultado con la intención de que la tierra fuera su cómplice de vilezas y simulaciones.

Después de milenios, mediante excavaciones, aparece el muerto ya seco; solo huesos revestidos de pellejo, con la señal de la herida, la contusión o el ahorcamiento.

Gloria estaba desaparecida desde hacía diez días; su madre la echó de menos cuando no regresó por la noche, ni avisó de que se quedaba con una amiga o en compañía de un novio que parece que tenía.

Sus compañeras reaccionaron horas más tarde, cuando faltó el segundo día sin avisar ni dar explicaciones, ni una llamada, ni un mensaje.

Tampoco sus amigas tuvieron noticias cuando a los cuatro días ya se alarmaron, porque no era habitual que pasara tanto tiempo sin saber de Gloria, porque se llamaban para comentar las cosas de cada día, los sinsabores y las alegrías. No contestaba las llamadas, hasta que su teléfono dejó de recibir señales por agotarse la batería.

Tras la primera noche de ausencia, de llamadas al trabajo y a las amigas, la madre puso la denuncia en la comisaría. Acudió sola porque era viuda y el otro hijo que tiene trabajaba en Sevilla y aún no había llegado, aunque no tardaría.

En esos momentos, la soledad pesa; se echa de menos una compañía que ayude a contener la angustia que crece a medida que pasan las horas, los días, y a sobrellevar la pena del mal augurio que se avecina porque una joven desaparecida siempre suena a muerta cuando pasan los días y no hay noticias y porque la madre sabía en sus entrañas que Gloria no se marcharía sin decirle algo, sin prepararla, sin decirle a dónde iría.

No fueron necesarias muchas averiguaciones para relacionar a la joven desaparecida que no llegó a su casa de la barriada de El Copo con el cadáver, pálido y húmedo, con la ropa ensangrentada, un solo pie calzado, el cabello revuelto en barro, aparecido junto a una acequia de Campanillas.

A primera vista, el cuerpo parecía joven, de la edad de la desaparecida que fue denunciada en la comisaría. Otras denuncias correspondían a personas mayores con datos de demencia, a un joven visto por última vez en Almería; ninguna, salvo Gloria, coincidía. Las probabilidades se reducían, se aproximaban al suceso seguro. La Policía no lo dudaba, la madre lo temía.

El juez ordenó el levantamiento del cadáver; la científica acotó el lugar e inició la recogida de muestras del entorno; se aislaron los posibles caminos de llegada y los de salida; tomaron nota de los cortijos cercanos, de los almacenes de aperos de labranza, de las personas que cruzaban la senda paralela a la acequia para acceder a los campos y evitar la autovía.

Nos pusimos el traje blanco, los guantes esterilizados, las gafas y los gorros, las mascarillas, todo para mantener la distancia entre policías y cadáver, entre la muerte y la vida, para evitar que se confundiera la procedencia de la materia, que todo lo que en su cuerpo se descubriera fuera de ella o del verdugo que se enseñoreó y la mató sin que ella se diera cuenta; si bien, una angustia interior lo presumía.

Levantamos su cuerpo con el cuidado de una recién nacida, con respeto, con ternura, porque, aunque uno sabe que está muerta, sin embargo, sigue viendo persona en la carne ultrajada, humillada, tirada en tierra como un desperdicio que nada valiera, como la basura.

Al tenderla sobre la bolsa blanca que arroparía su cuerpo para ser trasladado, pude contemplar su rostro: los ojos cerrados como no queriendo ver la mano asesina con el puñal agarrado hundiéndolo entre las costillas; los labios entreabiertos con dos dientes rotos; los incisivos superiores asomando por la comisura medio abierta que en vida anunciaría un beso de sus labios de niña; los cabellos pegados a las mejillas cerúleas manchadas del barro de Campanillas. La camisa abierta, el sujetador en su sitio, un pantalón ajustado por una correa con la forma de corazón en su hebilla; no llevaba reloj; en la muñeca derecha, una pulsera; un anillo en el dedo anular de la mano derecha; en la flexura del antebrazo izquierdo, tatuada, una libélula; en la pierna algo parecido a una estrella. No recuerdo nada más mientras cerraba la cremallera y trasladábamos el cuerpo hasta el instituto forense para la autopsia y el reconocimiento.

Su madre la contemplaba, sabiendo que era ella por la blusa y el pantalón a rayas, por la pulsera que en la muñeca derecha llevaba, que ella se la compró cuando cumplió la mayoría de edad para que cada vez que la viera se acordara de su madre, que la quería y esperaba cada noche sentada en la sala o luchando contra el sueño hasta que Gloria llegaba. Entonces el sonido de las llaves entrando en la cerradura con los dientes afilados, las vueltas del cerrojo, el chirrido de las bisagras, eran permiso para dormir en calma.

Sabía que era ella, aunque le resultaba extraña su cara, el color de la piel, la cabellera despeinada. Por un momento dudó, quizá no fuera ella. Entonces reparó en los tatuajes: la libélula, que le hacía gracia, y en la pierna una estrella. Se derrumbó por dentro, flaqueó por fuera, las piernas se negaban a sostenerla, buscaba yacer sobre la tierra para dejar de vivir, para acompañar a Gloria. La realidad era esa: su hija estaba muerta.

—Sí, es ella —le dijo al juez, mirando con sus ojos perplejos, todavía sin preguntas, sin necesidad de respuestas; se sintió como en una pesadilla, la mente vacía, el dolor subiendo desde el corazón lentamente apretando la garganta, secando la boca, humedeciendo las conjuntivas, silbando en los oídos un sonido agudo y penetrante, hasta llegar al cerebro, donde la evidencia se imponía: su hija yacía muerta sobre el féretro de aluminio, la blusa estaba manchada de sangre; era ella, aunque no lo parecía, porque el cuerpo sin vida ya no parece la persona que cantaba y reía, la que la rodeaba con sus brazos para salirse con la suya y convencerla para alguna noche llegar más tarde o quedarse en casa de una amiga cuando ella sabía que era para pasar la noche con el novio que por entonces tenía.

La acompañábamos el forense, el juez y dos policías. Yo tragaba saliva. La sostuve por un brazo, después la arropé contra mi pecho para abandonar la sala y que el forense y la científica realizasen su trabajo minucioso, metódico, para que ningún dato se escapase, por el que el culpable huyera hacia el anonimato, para saber cómo, quién, dónde y por qué se asesinó a la peluquera.

El informe forense fue claro sin dejar opción a dudas abiertas: «Murió por una puñalada directa que atravesó su corazón, entró por la pared del ventrículo izquierdo, seccionó las cuerdas, desgarró una de las valvas de la mitral, salió por la orejuela. Otras dos heridas superficiales, realizadas con el mismo instrumento que no penetraron, porque tropezaron con las costillas que detuvieron el intento, no sangraron porque el cuerpo de la joven ya estaba muerto. No se encontraron signos de agresión sexual ni otras señales de violencia, la tiraron al barranco cuando ya estaba muerta. Dos dientes se rompieron tras la caída, porque los labios estaban indemnes, sin huellas de contusiones ni de heridas previas».

El comisario me llamó para encargarme las pesquisas. Acepté el compromiso sin vacilar con la imagen de la joven acostada boca arriba, sin vida, y la de su madre, absorta, silenciosa, con parte de su vida ida, desgarrada por la pérdida de su hija, porque cuando alguien amado se pierde, la parte del ser que de ella dependía se pierde también, dejando la impronta de su partida como un agujero de nada, como una fosa vacía.

Aplacé la declaración de la madre, no era el momento para un policía.

Por la puerta apareció el hijo y hermano, confundido, angustiado, no queriendo que se le confirmase lo que presumía, porque hay llamadas que, aunque no revelen la noticia, anuncian de antemano el dolor, la pena sombría que, de repente, oscurece toda la vida y traslada sin merecerlo a toda la familia desde la primavera de la vida al cementerio, al recorrido precipitado por la mano asesina, por las mismas sendas que el día de difuntos recordaban al padre y ahora también a la hija.

—Es ella, Enrique, es Gloria, nos la han matado —le decía su madre, y Enrique, abrazado a ella, liberó un alarido como el de un lobo hambriento en una noche oscura y fría.

Los dejé juntos un rato, el tiempo que necesitaban fundidos en el abrazo, en la convicción de que se habían quedado solos; que las risas de Gloria a su casa no regresarían; que los esperaba un silencio absoluto, porque una voz, la de su hija, la de su hermana, no resonaría por las habitaciones, en los pasillos, en la cocina; que las canciones de amor o de celos dejarían de ser la compañía de las noches y los días, sustituidas por el rigor mudo del duelo que rechaza palabras, músicas, hasta los sonidos del viento, que no tiene oídos para nada más que el recuerdo de su voz, de sus gestos, que se va apagando con el paso de los días buscando el silencio.

Los acompañé hasta su domicilio, todo el trayecto en silencio. Escuchaba los sollozos, los suspiros, los lamentos, los sonidos del infortunio, las súplicas y quejas al cielo. Dejé la tarjeta con mi nombre escrito, Agustín Camacho, mi teléfono, subinspector de Policía, brigada de homicidios:

—Cuando algo recuerden, algo les preocupe, algo sospechen, no duden en llamarme. —En el reverso de la tarjeta escribí: «Lo siento mucho, los acompaño en el sentimiento».

Era verdad que lo sentía, que me dolía su dolor y me sublevaba la pérdida. Lo que no presentía en aquel momento era la duración de mi acompañamiento, que iba a durar tanto que pasaría por entusiasmos y por desfallecimientos, y que no soportaría el paso del tiempo en la dimensión de los vivos que estaba detenida en la de los muertos.

Salí de la casa. Ese día no quise mirar adentro, hurgar entre las pertenencias de Gloria, aunque les avisé de no tocar nada, dejar todo en su puesto, como Gloria lo dejó el día que desapareció y no volvió a su casa, a su lecho con mantas de color malva y un muñeco que pude ver desde el pasillo sin rebasar el umbral de su habitación, aunque no se me olvidó tomar fotografías para asegurarme de que nada se cambiaría de sitio, fuese ropa, libros o un recuerdo.

La habitación que ella llenara con su cuerpo, sus aromas, sus lágrimas, sus silencios, hoy permanecía solitaria, sin vida que la hospedara, que se expresaba en los detalles que adornaban paredes, las puertas, los muebles y los sacaban de su indiferencia para hacerlos expresión suya, de sus sentimientos.

Constaté la dureza que para ellos sería pasar por su puerta y no verla, convencerse de que su ausencia sería para siempre; que la habitación no sería refugio de enojos o de llamadas confidentes; que las reuniones de mañana de los tres —ella apoyada contra el cabecero de la cama, madre y hermano a sus pies, para hablar del día, reír con una anécdota, suspirar ante una angustia, dolerse por un mal de otros o propio que, al compartirse, pesaba menos, como si al hacerlo su carga se aligerara cuando se ha trasladado a otras mentes que aprecian matices que uno no ve, de los que no se es consciente—, ya no volverían a producirse.

Entorné la puerta y la precinté. Antes de despedirme, pregunté dónde trabajaba y si podían confeccionar una lista con los nombres de amigos y amigas, y de los novios que tuvo hasta donde la memoria los asistía y el momento permitiera.

Acordé con ellos una nueva cita en la casa dos días después de las exequias, con la intención de que la memoria, rodeada de las pertenencias de la muerta, de objetos sobre los que algo dijo o que compró por su cuenta, tuviera más referencias, más lugares a los que agarrarse para conocer cómo era su carácter, qué pensaban de ella, sus hábitos, qué sabían de sus relaciones, si hubiera amantes escondidos que la familia no supiera, pero que presumiera de su existencia, porque muchas intimidades que se creen resguardadas en la trastienda del alma son conocidas por más personas de las que se piensa, que el disimulo esconde relaciones, pero no puede esconderse a sí mismo y los demás se dan cuenta.

Me disponía a cerrar la puerta de entrada cuando, de repente, tras abrir la madre la que daba al pequeño patio interior para que el aire, que ya pesaba por nuestros alientos tibios y los suspiros de la resignación que recién comenzaba, corriera como corre el aire cuando se abren las puertas y circula libre, recorriendo la casa, agitando cortinas, esparciendo el aroma de las flores, ventilando la cocina, apareció Jaime, un perro sin casta que Gloria rescató de la perrera cuando era cachorro.

Se acercó hacia mí moviendo el rabo y levantando las orejas; husmeó mis zapatos y el pantalón. Luego, se dirigió al dormitorio de su dueña y se enroscó a los pies de su cama a esperar a que viniera.

El perro conocía más detalles de su vida que cualquier persona. Lo llevaba a pasear, sola o con un acompañante; escuchaba sus conversaciones secretas, ya fuera entre personas presentes o por el teléfono móvil que siempre llevaba a cuestas; sabía de sus compañías y de los lugares que frecuentaba, y seguro que algo sobre sus sueños guardaba en su memoria de perro, porque dormía con ella junto a su lecho.

Se notaba en sus ojos de mirada perdida la melancolía, con el hocico pegado a la alfombra, las orejas caídas, la cola recogida y, de vez en cuando, un suspiro de perro en duelo como si temiera que Gloria no regresaría y que volvía a la condición de perro huérfano como lo fue en la perrera. Algo le decía que la persona que le prodigaba caricias y le daba comida selecta de pienso, no de sobras de la despensa, no volvería a aparecer pasado el mediodía para recibirla con saltos, ladridos y el movimiento frenético del rabo que, según dicen los entendidos, en los perros es muestra de alegría.

Conforme la ciencia observa, investiga, piensa, se sabe más sobre las emociones de los animales, su inteligencia, las reglas de su comportamiento y sus rarezas, pero aún esperamos que nos hablen de ellos de forma directa sin mediar las interpretaciones que los silencian, porque no hablan ellos, sino la ciencia y el lenguaje no es el mismo, suena a humano y no a perruno, como cuando alguien se permite asegurar lo que uno siente, lo que uno piensa, porque lo deduce, porque lo interpreta.

Tomé a Jaime como un indicador, como un elemento más de referencia, no como un testigo, porque es conveniente no confundirse, dejar que el perro siga siendo perro y los sujetos personas sin borrar las diferencias.

Los visité con frecuencia. Al principio, pude entrevistar en tres ocasiones a los dos. Posteriormente nada más que a la madre, porque Enrique regresó a Sevilla, donde trabajaba, y ella quedó sola, alimentando recuerdos y pesadumbre cuando entraba en la habitación, cuando recorría el pasillo hasta el baño, donde los perfumes evocaban a su hija: las lacas, los brillos, los pintalabios, el lápiz para las cejas, todo le recordaba a ella.

No quería tirarlo como algunos le aconsejaban, porque era lo mismo que deshacerse de una fotografía y ella era capaz de adivinar su rostro al tocar sus pertenencias, cuando paseaba a Jaime y el perro la conducía por la misma senda que recorría con ella y su madre hablaba con los árboles que la vieron pasar y les preguntaba por ella, por si tenían alguna noticia, si sus hojas guardaban el secreto, si sabían quién la mató, porque su vida le iba en ello.

III

—¿Desde cuándo conoce usted a Gloria Balbuena?

—Desde hace cuatro años, cuando vino para pedirme trabajar en mi peluquería. Una de sus profesoras de la academia, amiga mía, me la recomendó, porque dominaba el oficio y era seria en el trabajo.

—Durante estos cuatro años trabajando con usted, ¿conoció facetas de su vida personal?

—Algunas.

—¿Cómo cuáles?

—Quería mucho a su madre y a su hermano. Cuando la conocí, su padre había fallecido dos años antes y ella se sentía muy responsable del cuidado de su familia. Como puede observar, la tengo por una buena chica.

—¿Puede decirme algo más sobre la relación de Gloria con sus compañeros, clientes o amistades que usted conociera?

—En mi peluquería trabajamos cuatro personas además de mí, que soy la dueña y un comodín para los trabajos. Dos hacen peluquería y otras dos, estética. Yo cubro ausencias o excesos de trabajo. Gloria se llevaba bien con todo el equipo. En ocasiones, existían roces como en cualquier trabajo, pero se resolvían sin problemas. Las chicas quedaban a veces para tomar algo al terminar el trabajo o acudir juntas a alguna fiesta. Yo iba menos, porque tengo niños pequeños y ellas están aún sin descendencia.

—¿Los clientes?

—La mayoría son mujeres del barrio, aunque también atendemos a hombres, jóvenes en particular que solicitan cortes y peinados más complicados, perfilar barbas y bigotes.

—Me refiero a que si usted o sus compañeras notaron alguna relación especial o algún problema en el trato.

—Cada persona del equipo tiene sus clientes fieles que piden citas para ellas. A otros clientes les da igual quién los atienda, dan preferencia a la hora y a la fecha. Gloria tenía los suyos. Ahora no me atrevería a referirle clientes concretos con los que notara algo de lo que usted me comenta. Gloria tenía su personalidad. Era amable y comunicativa, contaba muchas cosas a los clientes, aunque tenía su genio y no permitía que nadie la tratara sin educación, como a ella le gustaba. Alguna clienta perdió por ese motivo, pero sin peleas ni enfrentamientos que yo recuerde, tan solo quejas. Creo que usted debiera hablar también con mis compañeras, porque algunas, sobre todo Marta, tenía una relación más estrecha con Gloria. Está muy afectada porque no acaba de aceptar que está muerta.

—¿Amistades?

—En eso siento no poder decirle nada en particular, solo conozco lo que tomando un café ellas comentaban. Sé que tenía amigos y que, al menos, un par de novios tuvo durante los últimos años. Con el último rompió hacía más de un año. Antes venía a recogerla a la peluquería de vez en cuando. Desde entonces no aparece. A mí ella no me manifestó problemas con él. Es más, se tomaba a broma su tiempo de relación porque él estaba muy apegado a su madre y a veces no acudía a una cita por dar preferencia a la madre, al colacao de la diez y media, que le preparaba antes de acostarse.

—Gracias. ¿Podría llamar a Marta si no interfiero en su trabajo? Podría regresar más tarde si la importuno.

—Si puede usted esperar a que termine con la clienta… La siguiente cita la atenderé yo para que ustedes puedan hablar sin interferencias.

—Le agradezco su colaboración. Esperaré en la puerta.

Aproveché la espera obligada para dar un paseo, para conocer la barriada, porque el barrio donde se vive y el barrio en el que se trabaja dejan su impronta en el alma, dejan su huella. Influyen en el ánimo, determinan la idiosincrasia, proporcionan una idea del mundo, de sus límites, de sus desgracias. El barrio se apodera de uno. La naturaleza se sustituye por la apariencia de las casas, la aglomeración de vehículos, los vecinos que pasan, las enemistades, las solidaridades, la queja común, las rivalidades.

Según donde viva uno, así lo tratan. De ahí que cuando la gente progresa, se mude a barriadas más caras y cuando la fortuna no es favorable, a las más baratas, se desciende en la escala.

La peluquería está situada en la barriada de Portada Alta, en la que vive mucha población de clase media, trabajadores y jubilados. Un núcleo de casas y edificios de mayor categoría perteneciente a personas con elevado poder adquisitivo forma parte del barrio, aunque muchas de las casas fueron adquiridas y adaptadas para residencias de ancianos. Algunas han quedado unidas por pasillos y veredas transitadas por personal con pijamas blancos y personas en sillas de ruedas.

Hacia el sur, el barrio tiene su área más pobre y marginal con edificios de cuatro plantas, sin ascensor, calles con nombre de pájaros, alta tasa de paro y de consumo de drogas entre sus habitantes.

El local se encuentra en el primer núcleo y recibe personas de todos los grupos de viviendas, permitiendo que la convivencia se democratice entre uñas y cabelleras que requieren de similares cuidados, aunque también emiten las señales de la pertenencia, porque el peinado habla igual que la vestimenta, la marca del coche y la ubicación de la vivienda.

Imaginé a Gloria aproximarse a su trabajo un día cualquiera, bajarse del autobús, avanzar por las aceras, saludar a alguna vecina a la que peinaba la cabellera, detenerse en el bar, tomar un café con otra compañera, quejarse del día, reír con las experiencias, comer una tostada con aceite, pagar con la tarjeta, despedirse de la camarera que la conocía y la tenía por buena. Después, llegar e iniciar la tarea. Colocarse el uniforme para no tintar sus prendas y estirar los músculos para que con las posturas forzadas no se entumecieran. Se abrían las puertas y las clientas pasaban, algunas con las bolsas llenas de la compra recién hecha, que aromaban el local de tomillo, ajo y hierbabuena.

—Gracias por atenderme, Marta. No la entretendré mucho, porque sé que está muy ocupada.

—No se preocupe. Yo quería a Gloria y todo lo que pueda aportar será importante para mí, porque no me explico ni acabo de creer que la hayan asesinado. No me entra en la cabeza, no dejo de pensar en ella y de hablar con mis compañeras y con las clientas.

—Parece que usted tenía una buena relación con Gloria, por lo que me han informado, un poco más próxima, más cercana que al resto de las compañeras. ¿Es así?

—Nos llevábamos bien. Congeniamos desde el principio y colaboramos en sacar el trabajo adelante. Ella venía muy bien formada y me enseñaba técnicas y procedimientos para aplicar en peinados tanto para hombres como para mujeres.

—Fuera del trabajo, ¿mantenían relación de amistad?

—Salimos juntas muchas veces. Llegamos a tener un grupo de amistades común en el que ella encontró su último novio. Por entonces estaba sin pareja, porque había cortado con un chico del barrio que conoció en el instituto, pero, al crecer, sus vidas tomaron rumbos diferentes.

—¿Me puede decir algo sobre sus costumbres, sus hábitos, sobre ese novio, sobre el resto de las amistades?

—Mire, Gloria era divertida y muy apasionada cuando se enamoraba. A mi manera de ver iba un poco de prisa, se ilusionaba pronto con las personas, como si se cegara. Yo soy peor pensada, me arriesgo menos y, aun así, meto la pata.

—¿En qué notaba que ella se arriesgaba?

—Se enamoró de un muchacho del grupo con el que salíamos. A mí no me gustaba, porque, aunque era simpático y atractivo, le daba a la cocaína y eso me echaba para atrás. Sin embargo, a Gloria parecía no importarle; le bastaba con que fuera guapo, lo demás lo perdonaba. Hasta que el chico le salió rana y se fue con otra, la dejó plantada. Yo me alegré, porque me parecía que ella no cortaba y podía acabar mal. Después nos reíamos del asunto y me decía que también se alegraba. Renunciar a una cara bonita y a un cuerpo hermoso no es fácil, créame.

—La creo —le dije, pensando en Elena mientras ella me miraba y leía algo en mi cara—. ¿Me podría dar datos para localizar a ese joven y entrevistarlo?

—Sí, tengo su teléfono.

—¿Cómo se llevaba Gloria con los clientes? ¿Notó alguna relación especial, algo fuera de lo común?

—Como cada una de nosotras, tenía sus clientes fijos, tanto hombres como mujeres. La gente se adapta a nosotras y nosotras a ella, como una pareja, un matrimonio que posee su fidelidad, sus desencuentros y hasta el divorcio les afecta, porque un día no se quedaron conformes, no estuvimos inspiradas o por algún motivo las dejamos plantadas. Perdone la comparación.

»Muchos chicos le tiraban los tejos, porque Gloria era atractiva, morena, con su pelo largo, recogido en una cola durante el trabajo y luego suelto, que la adornaba como a una modelo de pintores; los ojos grandes y expresivos; la sonrisa misteriosa, que no sabías a ciencia cierta lo que escondía, lo que sentía detrás de sus labios abiertos. Claro, los chicos se encandilaban con ella y ella les seguía el cuento, aunque con ninguno salió, que yo sepa, porque los veía arrogantes y superficiales, enseñando músculos y muecas vacilonas.

»A la gente le fascina que la escuches, que la hagas sentir única por un instante, fantasea con que el tacto del cabello y el masaje de la cabeza sean la puerta de entrada a otras caricias, a otros placeres del cuerpo. Acaso el mundo está carente de consuelos y acuden también para sentirse tocados, recibir otro aliento, el cuidado de unas manos, las caricias de otro cuerpo. Después, durante el desayuno, nos reíamos de ellos, porque eran adolescentes; no le resultaban atractivos y pasaba de ellos.

»Sin embargo, últimamente vino un hombre. Andaría entre los treinta y cinco y los cuarenta, es difícil acertar con la edad mediante las apariencias. Lo atendió varias veces. Era atractivo, de buenos modales. A Gloria le gustó, no me cabe duda, porque la veía sacar conversación, guardar silencio cuando él le hablaba. Incluso en más de una ocasión me pareció verla sonrojarse mientras una sonrisa se dibujaba en sus labios como avergonzada a la vez que agradecida por un piropo, un halago, algún comentario que la favorecía y que le llegaba adentro. Un comentario fino, no los toscos y directos que los muchachos le decían, menos instruidos y delicados, más directos, buscando lo suyo, lanzando el anzuelo. No me quiso hablar de él. Daba largas como si fuera pasajero, sin importancia.

»El hombre volvió. Coincidí varias veces con ellos. Perfilaba la barba, rebajaba el bigote porque no le gustaba poblado, depilaba las cejas y recortaba el cabello. Gloria estaba enganchada. Lo noté un día que ella estaba ocupada y llegó él. Como yo me encontraba libre, quise atenderlo, pero ella intervino de prisa: "Déjalo, yo lo atiendo". Y dirigiéndose a él: "Espera un momento". Las citas las acordaba con ella. Calculo que en tres o cuatro meses acudiría cuatro o cinco veces; no puedo asegurarlo, porque a veces Gloria no lo consignaba en el libro de citas.

»En cierta ocasión él vino buscándola. Tenía cita. Le comunicamos que Gloria no había venido, que estaba acatarrada, así que le pedimos que nos facilitara sus datos para avisarle. Prefirió venir en otro momento. No lo volví a ver más. No sé si Gloria quedaba fuera del trabajo con él, si se veían, si salían, Gloria nada decía. Lo reservaba para ella como si fuera algo suyo, íntimo, de lo que no quería hablar bien porque fuera cosa pasajera, bien porque la ilusión la controlaba y no quisiera que aquello se desvaneciera y luego se avergonzara. Nada más puedo decirle.

—Gracias, Marta. ¿Puedo ver el libro de citas?

Los clientes estaban apuntados con sus nombres completos seguidos del teléfono, algunos por un apodo o unas iniciales acompañadas de fecha y hora. Después el servicio previsto: tinte y peinado, corte de caballero, barba y bigote, limpieza de cutis, oferta de jubilado, lavado y peinado. Hasta una docena de servicios pude contabilizar. En el cuadrante de Gloria encontré seis citas marcadas con una equis, todas a última hora de la tarde, sin clientes posteriores. No constaba el teléfono en sus anotaciones, ni nombre, ni una pista para continuar mis indagaciones.

—¿Recuerda su nombre, Marta? ¿Algún dato que me oriente para encontrarlo, para hablar con él?

—Lo siento, no puedo darle más información que la que le he proporcionado. Pregunte a las demás compañeras si algo recuerdan, si saben algo que yo no sepa.

—Gracias, muchas gracias. Si algo viene a su memoria, si de algo nuevo se acuerda, llámeme. Es muy importante para esclarecer el asunto, para que su compañera descanse en paz.

Hablé con las otras muchachas, todas conmovidas y atentas. No aprecié animadversión ni deudas irresueltas, ni envidias porque Gloria era más guapa, más atractiva, más dispuesta. Una de ellas, un par de semanas antes de la desaparición, la vio salir del local acompañando al sujeto sin nombre ni teléfono, cuya cita se marcaba con una equis en la libreta, que pagaba en efectivo, nunca con tarjeta.

A través de los cristales, Gloria se despedía, alegre, risueña. La vio darle dos besos, uno en cada mejilla, y un abrazo añadido que permitía suponer una mayor intimidad, la existencia de un deseo, el inicio del enamoramiento, porque de esa manera se abraza a quien ya se quiere, a quien se anhela, aunque los besos parezcan de urbanidad, de compromiso, de amistad. Pero ese abrazo que hundía sus senos en el pecho del individuo anónimo, sin señas, que rodeaba con los brazos su cuello, era mucho más que cortesía por una propina, por un halago al trabajo bien hecho. Era un abrazo arrobado, un abrazo tierno, que se reserva para un ser amado, para alguien con el que se comparte un recorrido de caricias, de intimidad, de deseos.

Era necesario dar con ese individuo, con ese sujeto, que comenzaba a tener rostro de culpable, de engaño a la peluquera, que, desde el primer momento en que se encaprichó de ella, ocultó su nombre, lo reservó para ella; no quiso dar dirección ni número de cuenta; no compartió el teléfono, ni habló con las compañeras para evitar dar datos, solo quería a la peluquera.

Por el momento, hasta que una pista apareciera, entrevistaría a los novios, porque pudiera existir un vínculo entre ellos, algo que el anterior novio le dijera sobre la peluquera, que excitara su deseo, disparase su fantasía y, como muchos machos hacen, se animan unos a otros, se dan consejos, enseñan el camino para disfrutar de una mujer a la que han poseído y la traspasan como un objeto de consumo para que otros la disfruten y después se cuentan los logros, las fechorías, las indecencias, el abuso del enamoramiento, el engaño del amor, las habilidades secretas y se burlan de la víctima a sus espaldas, sin que ella lo sepa.

Marta me dio el número del último, que tenía muchas papeletas: amigos de la misma pandilla, consumidor de cocaína, con tendencia a las reyertas, impulsivo, arrogante, me imaginaba todas sus destrezas. Rogelio se llama, Rogelio Martínez Cuesta, y así lo llamé, con nombre y dos apellidos, cuando respondió al teléfono y escuchó mi voz seria, que el asunto era importante y comprometido, porque por los tiempos que corren él era el último novio de la muerta y todas las probabilidades iban en su contra, lo señalaban como culpable, sería diana de las sospechas, de las habladurías, de los escritos de la prensa.

Marta me adelantó cómo era, o le parecía que era, o quería que fuera, porque cuando atribuimos culpas, modelamos la figura, difamamos el nombre, asignamos perversiones, preparamos la soga, afilamos la hoja que caerá sobre su cabeza, nos empecinamos en defender una intuición sin pensar en las consecuencias.

Quien se apodera del nombre se ha apropiado de la persona entera y adquiere un poder mágico sobre ella, para remodelarla a su antojo y entregarla para ser devorada por la fiera informe de la opinión ajena. La presunción de inocencia no existe; existe la certeza de culpa, la ignominia adelantada, el acúmulo de indicios vanos, la ocultación de las impugnaciones que señalan la inocencia, nos invade la soberbia, el deseo de estar en lo cierto, sin importarnos el daño irremediable que causamos al acusar sin pruebas.

El investigador debe estar preparado, guardar la debida cautela, evitar dejarse llevar por el ambiente, por el aplauso de la multitud cuando se le da la razón y a su opinión uno se adhiere. El aplauso enloquece, nubla la razón, afianza el error, oculta las incoherencias, arrastra al sospechoso hacia la ignominia, encumbra al equivocado y apacigua los ánimos exaltados.

En ocasiones pasan muchos años hasta que se revisa la causa y se corrigen los errores, se piden las disculpas, se otorgan las indemnizaciones, pero el nombre queda difamado, manchado para siempre, porque siempre existe alguien agarrado a la soberbia, que se ciega y prefiere castigar al inocente que reconocer el desvarío, la gravedad de la condena.

Rogelio trabajaba como oficial de chapa y pintura, en un taller a las afueras, camino de Campanillas, no lejos del lugar donde se halló el cadáver de Gloria, lleno de tierra con tres puñaladas en el pecho, una de ellas certera.

No me pasó desapercibido que la ciudad arroja hacia Campanillas todo lo que no quiere, todo lo que le molesta, aquello que desecha: los talleres, las pequeñas fábricas, los depósitos de basura, las escombreras, el nuevo cementerio con su horno crematorio y los gitanos de Los Asperones, con sus plantaciones de marihuana y los enganches clandestinos a la corriente eléctrica para mantener la temperatura de la siembra.

—Esperaba su llamada, inspector, desde que lo leí en la prensa y los amigos comunes me llamaron para decirme que Gloria apareció muerta.

—¿Temía algo?

—Como fui novio de ella durante casi un año, tenía todas las papeletas. La gente me mira raro, imagino lo que piensan. Algunos se alejan como previendo mi condena, para que no los salpique que tuvieron amistad con un asesino sin darse cuenta. No he hecho nada y ya estoy pagando la pena.

—¿Dónde estuvo usted el día de los hechos, los días anteriores y los que vinieron después?

—Toda la semana trabajé, de lunes a viernes, mañana y tarde, horas extraordinarias añadidas, porque había trabajo acumulado y el jefe nos pidió el esfuerzo. Salí tarde y agotado y me fui a casa con mis padres. El lunes y el martes no salí. Mi novia trabajaba de tarde y aproveché para quedarme en casa. Estuve con ella el miércoles cenando. Después la dejé en su casa porque aún no tenemos medios para vivir juntos y andamos ahorrando colgados de los padres. El jueves, con los amigos viendo al Barcelona y el viernes, de nuevo con ella. Ellos son testigos, lo pueden confirmar.

—¿Cómo era su relación con Gloria?

—Al principio era buena. Ella era muy pasional, muy intensa, algo jodida, puñetera.

—¿Qué pretende decir con eso?

—Que era de disgusto fácil y exigente. Necesitaba que yo estuviera atento, que viviera para ella. Se produjeron enfados, distanciamientos y reconciliaciones. Esa vida no me gustaba, yo soy tranquilo, ¿sabe?

—Sin embargo, tengo entendido que consume cocaína, ¿cierto?

—Eso se lo ha chivado Marta. Una vez la probé como otros la prueban. Coincidió que Marta estaba presente y me colgó la etiqueta. Yo hago deporte, me preparo largas carreras, maratones si se tercia. Me cuido, no tomo drogas, solo alguna copa cuando salgo de fiesta. No tomo drogas ni me interesan. Marta me vio reaccionar un día contra un sujeto que las molestaba en la discoteca. Como lo agarré por la chaqueta y lo empujé con fuerza, ella pensó que me gustaban las peleas. No era así, las eludía si estaba solo, pero en compañía se imponía otra exigencia: hay que demostrar hombría, tragarse el miedo y sopesar las consecuencias. Aquello salió bien y mantuve el tipo, pero le aseguro, inspector, que por dentro temblaba, que paso de enfrentamientos y de las demostraciones de fuerza.

—¿Cómo fue su ruptura con Gloria?

—Difícil, violenta de palabras, de disgustos, de insultos, pero nunca la toqué, se lo juro. Para mí, romper con ella fue un descanso. Aunque era atractiva y le tenía cariño, nuestra relación no me gustaba. Entonces apareció Ana y me enamoré de ella. Cuando se lo dije a Gloria, me montó una escena, pero estaba todo decidido y, pasado el tiempo, lo comprendió y quedamos bien, sin cuentas pendientes. Eso ocurrió hace un año. Poco después se ve que conoció a alguien, porque dejó de llamarme y perdió el interés. Desde entonces, nada supe de ella, hasta ahora que está muerta.

—¿Me puede proporcionar los teléfonos de las personas que ha mencionado para comprobar su coartada?

—Por supuesto.

No le ponía cara de criminal a este Rogelio. Era un muchacho guapo, con la vanidad del cuerpo en su musculatura marcada por horas de gimnasio y briks al baño María de clara de huevo, pero no aprecié la malignidad taimada, el lenguaje perverso, la frialdad del vicio, el cerebro enfermo… Parecía simple este Rogelio: trabajo, gimnasio, carreras, músculo prieto, apegado a los padres, sexo los sábados después de la discoteca, y el domingo, planes casaderos.

Seguramente Gloria se ofuscaba con él porque el cuerpo no acompañaba a su pensamiento y ella intentaba modelarlo a la forma de sus sueños, porque ella aspiraba a alguien más cultivado en la mente y menos en el cuerpo. Pero la arcilla de la que estaba hecho Rogelio no permitía excesos. Con el horno caliente se quebraba y se enfriaban los alicientes. Gloria apretaba hasta que dejó de hacerlo, porque encontró otro que iba, en apariencia, mejor a sus sueños.

Aumentaban las sospechas sobre el hombre sin rostro, sin nombre, con la barba recortada, depiladas las cejas, el peinado cuidado, cerca de los cuarenta, de estatura media, piel trigueña, cuyo retrato aproximado llevaba guardado en la cartera para mirarlo durante las esperas, grabarlo en la memoria, por si me cruzaba con él caminando por las aceras, aparecía de repente en un bar, un cine, un teatro, una gasolinera, en la cola del supermercado cortejando a una cajera. Por el momento no tenía más datos, solo interrogantes, ninguna certeza y una espera infinita abría su puerta para que yo me detuviera en su umbral sin poder entrar para dar una respuesta a la muerta.

Regresé de Campanillas; de paso visité El Copo y Cortijo de Torres, barrios vecinos, similares, de fronteras tenues y carencias comunes que soportan el ruido de la autovía de circunvalación, la falta de aparcamientos, el sonido ingrato de los locales destinados a música alta y copas, la suciedad de las aceras y las citas para botellones donde los jóvenes se congregan y esparcen la basura para que la recoja quien cobra por ello, ya que a ellos nadie les paga por limpiar.

Lo que ahora veo son vecinos haciendo compras, paseando a sus nietos, pasando el tiempo en los tableros de la asociación con las fichas de dominó y las cartas; jubilados tomando el sol en los pocos bancos disponibles; algún niño que no ha ido a clase porque le dolía la garganta; la cafetería repleta, porque desayunar en la calle es uno de los placeres de la gente obrera.

El Tabernáculo, lugar de cultos exaltados, de esperanzas puestas en la intervención divina, con sus tres brazos que confluyen en la cúpula del centro; cultos los jueves y domingos, el resto de los días gente rehabilitándose de drogas, medicamentos y juego. Durante el día trabajan mucho haciendo portes, recuperando alimentos, vendiendo ropas y muebles viejos.

Los barrios explican a las personas muchos más de lo que la gente piensa, porque constituyen un universo, una forma de ser, un cierto destino; anhelan cambios, acumulan padecimientos, comparten necesidades y entregas, y también enemistades acérrimas, gente que no se puede ver. Imaginaba a Gloria creciendo en este medio, yendo al colegio, saliendo con las amigas, fumando los primeros cigarrillos, entregándose ingenua al sexo, enamorándose por primera vez, después los desengaños, las desilusiones, las desesperanzas por ser lo que se es y no tener lo que otros tienen solamente por el lugar donde fue a nacer.

El barrio puede explicar en parte un carácter, unas reacciones tiernas o encolerizadas, según lo que se estimule o lo que se niegue, porque existe una inocencia en la reivindicación y en el enojo, una justificación absoluta, porque el nacimiento determina mucho y algunos ven en él una forma de fortuna o una decisión divina que distingue y separa ya desde la cuna y después se atribuye al mérito personal, al esfuerzo o a la dejadez, los fracasos, el resentimiento y el llanto por tener que vivir como se vive, cuando se siente como otros sienten y viven mejor tal vez.

Me acerqué para entrevistar a la madre: bloque número veintitrés, planta doce, letra B. Los bloques son altos para que vivan muchas personas en una escasa porción de suelo; se cambia el pavimento por aire y los pies ya no sienten el sostén firme de la tierra.

No sé si esto influye en una sensación de desarraigo, de alejamiento, de falta de pertenencia a un lugar, que ya no se está seguro si es reino terreno o el reino de cielos que está por llegar y no llega, y el mundo sigue siendo mundo con su muerte y su maldad.

A veces temía llamar porque no disponía de fuentes de consuelo, la posibilidad de justicia se alejaba con el paso del tiempo y una soledad irremediable se adueñaba de nuestros encuentros.

—Buenas tardes, doña Lucía. Gracias por recibirme y estar dispuesta a hablar conmigo, a pesar del dolor, de la pena que sé que sufre y la compadezco.

—Creo que hablar de ella me vendrá bien porque dentro de un tiempo no habrá personas interesadas en quién era ella. Cuando uno se muere, no solo el cuerpo vuelve al polvo; el recuerdo también se desvanece. Cuando yo desaparezca, ¿quién la recordará? No estaré para hacerlo y sobre todo ella para decir en alto con cada gesto: «Yo estoy aquí, aquí permanezco». No podrá escribir su historia, dejar en unos hijos el recuerdo, el rastro de su sangre, sus pensamientos. Nadie sabrá que sus ojos eran negros.

—La entiendo, Lucía, la entiendo. Procuraré no fatigarla. Cuando quiera dejarlo, lo hacemos. Yo puedo volver en otro momento.

—Sigamos.

—Me gustaría saber algo más sobre Gloria, su carácter, sus comportamientos, sus sueños, sus temores… Todo me puede poner en la pista de ciertos perfiles de personas con las que tratara, a las que se vinculara, personas que llenaran una necesidad, un vacío, un anhelo. ¿Me entiende?

—Lo entiendo bien. Gloria era alegre, optimista en el sentido que confiaba en que las cosas le salieran bien; generosa con los amigos, sensible; se dejaba conmover, la prueba la tiene en Jaime, un perro feo, hay que reconocer, pero destino de su amor. Con esto le digo que se compadecía de los débiles y desafortunados, fueran animales o personas.

»No le oculto que tenía un pronto fuerte, salvaje, cuando se la contrariaba sin razones, como una defensa, y creo poder explicar por qué. Su padre fue alcohólico. Siendo joven lo tenía que traer de la taberna para que no se cayera. Luego, en casa, vociferaba y me quería agredir; ella se metía por medio y lo paraba. Cuando algún manotazo perdido le atravesaba el rostro, Gloria no se contenía, le devolvía al padre la bofetada. Él reaccionaba, se detenía y echaba a llorar. Ella lo abrazaba y llevaba hasta la cama.

»Al día siguiente, del asunto no se hablaba, se daba por no ocurrido, se olvidaba. Pero a Gloria le hacía daño que en el barrio se supiera, que su padre tuviera fama de borracho y cuando alguien lo mencionaba, se disgustaba, contestaba y alzaba la voz. Por dentro le hacía daño, estoy segura. Tenía buenas amigas en el barrio, desde el instituto y en la peluquería. Que yo sepa salió con dos chicos: Arturo, siendo adolescente, casi niña, y después Rogelio, el chapista. Si otros tuvo, no lo comentaba, lo reservaba para ella, quizá, para sus amigas, a mí no me lo decía. Del tiempo con Rogelio no noté nada extraño. Tampoco tras la ruptura porque, aunque ella lo quería, algo no terminaba de convencerla; le daba mucho margen a la madre y poco a la suegra, y no le dolió mucho la ruptura. A él tampoco porque parece que se había echado otra novia.

Los testigos confirmaron los desplazamientos de Rogelio durante esos días, los lugares en los que estuvo, los horarios, las compañías… Tampoco existía móvil de celos, de venganza, de un mal golpe en un encuentro tardío donde se ofendieran o pelearan; no existían llamadas entre ellos ni testimonio de las amigas, ni de las compañeras.

Rogelio pasó a un plano de baja sospecha, aunque le dejé sembrada la angustia, la suspicacia, para que no se metiera en el asunto, no esparciera rumores, no hablara de ella, no cayera en la defensa pública señalando otros culpables, que lo que dijera podía ser contraproducente, que me informara primero a mí, que el silencio era su mejor aliado, que no se interpusiera.

Se mostró resignado y obediente. Una desgraciada sabiduría lo separaba de la gente: dejó de creer en la bondad del compañerismo, en las palabras de amistad, en los apretones de manos; una cierta soledad acompañaría sus días, un descreimiento, la convicción de la mentira que media en las apariencias.

Me aposté varias tardes, varias mañanas enteras enfrente de la peluquería por si el sujeto apareciera. Tiempo perdido pensando, repasando los informes, las entrevistas, las fotografías de la muerta, el retrato robot que Marta y sus compañeras describieron y que yo llevaba en la cartera y miraba otra vez para que se me grabara por si me cruzaba con él en una afortunada coincidencia de esas que pocas veces se da, pero que se espera y se fantasea con ella. No podía divulgarlo porque no existía una asignación de culpa, solo era un cliente de la peluquera.

Leía un libro que guardaba en la guantera —el segundo tomo de las *Obras completas* de Balzac—, bajaba de la furgoneta, daba un paseo, conocía el barrio, los comercios, los nombres de las calles, los rostros de las personas que las frecuentan, las huellas de la vida, las marcas de la pobreza… Tenía ganas de entrevistarlos a todos, de preguntarles por sus sospechas.

Pedí a Lucía que me dejara pasear a Jaime para ver por dónde me conducía, si me llevaba a un lugar del que surgiera una pista, del que emanara un dato aliado de la justicia que diera a la muerta descanso y al criminal lo que merecía. Jaime iba por delante tirando de la correa, oliendo troncos de árboles y esquinas que marcó con su orina cuando Gloria vivía, cuando no estaba muerta, cuando le sonreía y rascaba detrás de la oreja; se detenía en los jardines, mordisqueaba el resto de una rama caída por el viento; de súbito, se detenía como si no tuviera más ganas de continuar, porque la mano que lo retenía no era su dueña, que antes del paseo lo colmaba de caricias y le daba galletas mientras silbaba una melodía.

El paseo duró cuatro calles recorriendo sus aceras hasta que dio la vuelta. Conocía el camino, sabía cuál era su vivienda. No pudo decirme nada más, acaso porque Gloria no le compartió la confidencia ni la acompañó cuando salía con el que sería su agresor, no le dijo quién era.

Los excesos de reserva, la celosa intimidad, aquello que no queremos que nadie sepa, puede dejarnos inermes ante el desalmado, a expensas de sus intenciones, sin defensas, sin lazos de ayuda ni canales de socorro, el secreto absoluto no deja huellas.

Dejé a Jaime en su casa. Corrió ligero hacia la alfombra extendida a los pies de la cama cubierta con la manta color malva y los cojines de primavera. Me despedí de Lucía. Le comenté lo que pensaba, las indagaciones, las dificultades, cómo el agresor lo tenía todo pensado, que no fue algo del momento, había método y ocultación deliberada.

Ella se entristeció, porque su corazón le pedía fijar en el culpable la mirada, exigirle un motivo, recibir una explicación, desplegar ante él el efecto del mal realizado pensando que, al contemplarlo, un atisbo de arrepentimiento, una solicitud de perdón, un pecho compungido, un corazón contrito y humillado, se expresaran en unas lágrimas sinceras, en una mueca del rostro conturbado, que resbalaran por su rostro y también el mal doliera no solo a los que lo recibieron, sino al que lo cometiera. Entonces quizá tendría consuelo, se hiciera a la idea. Podría vivir mirando hacia delante, ocupándose del otro hijo, de su casa, de Jaime, hasta que Dios dijera.

Aseguré que no había otra cosa en la tierra que yo más deseara: ser portador de esa noticia buena que cambiara la vida como la cambió la primera.

Pasaron los días, las semanas, los meses divididos en estaciones que no permitían reconocer sus diferencias, porque el frío dominaba el alma, no había primavera; un invierno interno, oscuro y gélido, sin germen de vida, sin posibilidad de alegría, me arrastraba con la muerta, dominaba mi ánimo; en una obsesión desalentada sumergía las cavilaciones, los sentimientos, los intereses de la vida que iba relegando sin darme cuenta, aunque Elena y Jairo lo percibían, porque la distancia de los afectos se va notando en el alma, deja el sedimento helado del desamparo y lanza al ser que lo padece en busca de otros brazos, de otras fuentes de consuelo.

IV

Comencé a aumentar las ausencias. Por entonces algo en mí anticipaba la desgracia, la ruptura con mi pareja, la soledad completa; algo en mí se sabía ligado a la muerta, a sus circunstancias cruentas, a su interminable espera.

No sentía, como antes, la necesidad de mentir, aunque en ocasiones mienta como una rutina, como una debilidad secreta por ocultar la verdad, por atenuar su cara cruel, implacable, hacerla tolerable para que no duela ahora, sino más tarde, para evitar a los demás el dolor intenso, llenarlo de confusión, de recelo cuando se impone lo que no parecía cierto. Es posible que lo haga para evitar ser testigo del dolor, de la contemplación molesta que produce el sufrimiento ajeno y la propia impotencia. Es posible, no lo sé a ciencia cierta.

Notaba el efecto, aunque la causa era incierta: Elena especulaba con las razones comunes que separan a las parejas; yo callaba desconcertado, sin poder decir que me arrastraba otro cuerpo, el que recogí lleno de lodo, con tres heridas en el pecho, una de ellas certera.

Al horario laboral añadí la vigilancia en su puerta. Días libres, noches enteras, esperaba que el criminal repitiera el mal, que con uno solo no se satisficiera, que le supiera a poco para calmar su trastorno, para aliviar la queja.

Cerca de cinco años era demasiado para que Elena resistiera. No podía entender que yo me encontrara atado a una pasión interna, a un cautiverio de la conciencia. Pensaba que se trataba de otra mujer, que suele ser lo común, o de otro hombre, que también se piensa, pero yo tenía el corazón sereno, me bastaba con ella.

Regresé a mi casa, un piso en la barriada de Las Delicias que mis suegros nos dejaron ocupar tras la boda, que ellos no utilizaban porque residían en un pueblo, Álora, del que no gustaban de salir como le pasa a la gente de pueblo apegada a la tierra, los animales y las inclemencias del tiempo, y que compraron para la hija, para cuando estudiara y tuviera que venir a vivir a Málaga, porque estaban resignados a que sus jóvenes, tarde o temprano, abandonaran el pueblo seducidos por las apariencias.

Después, cuando trabajara, le podría seguir siendo útil para evitar perder tiempo de su vida en los trayectos del tren de cercanías y subir las cuestas pronunciadas desde la estación hasta su casa. Ahora que estaba casada, nos lo ofrecieron. Aunque era pequeño, para nosotros bastaría; además, como no querían cobrarnos alquiler porque eran de la opinión de que a una hija se le da todo y no se le pide nada, nos permitiría ahorrar para aspirar a un piso más amplio, en otra barriada, con más jardines y aparcamientos, menos hacinada.

En su momento, el barrio se construyó para gente de bolsillo limitado e incertidumbre obrera que hoy tiene trabajo, pero mañana el desempleo la podía esperar y era necesario asegurar un refugio que con el subsidio y las chapuzas se pudiera pagar. Con el tiempo, debido a la fortuna inmobiliaria que tienen las viviendas próximas al mar, la barriada adquirió valor por su buena situación; se vendieron pisos, se reformaron las viviendas, las calles se asfaltaron y abrieron nuevas tiendas. Quedó a un paso del paseo marítimo, de la avenida Pacífico, al lado de los parques, de las avenidas de acceso a las carreteras, de los centros comerciales, de la línea del metro. Fue dotada de centro de salud, de escuelas cercanas, de institutos: un aliciente renovado por vivir en ella visitó a los vecinos, que, de forma inesperada, cambiaron de opinión al darse cuenta de que vivían en un buen sitio, en una buena barriada, que acertaron cuando compraron y de eso se alegran. Entonces las reformas se prodigaron, se mejoraron las entradas, las acometidas telefónicas, los cables monoaxiales, para que aquello que antaño se valoraba poco ahora fuese deseado y propicio para la especulación.

Elena me esperaba sentada en el sillón con las piernas estiradas. Jairo, nuestro hijo de tres años, dormido entre los brazos, ya comido y bañado, esperándome para ir a la cama porque su madre se empeñaba en que recibiera de su padre el beso de buenas noches para que el niño se durmiera sabiendo que tiene padre y que besa con ternura como debe besar un padre.

Estaba seria, cansada. Había tenido turno de tarde como enfermera, recogido al niño en casa de la señora que lo cuidaba los días que ambos coincidíamos ocupados; casi siempre era ella quien pasaba a recogerlo dormido por la espera, porque mis horarios eran menos predecibles, menos ajustados a los deberes de casa, y yo, menos esforzado, más descuidado que ella, que parecía pensar en todo, llevar las obligaciones y afectos en la conciencia. Me acerqué a besarla, pero retiró la mejilla:

—Tienes comida en la cocina. El niño y yo nos acostamos. Hoy dormirá conmigo, no quiero despertarlo porque mañana madruga y son las once y media. Descansa tú en el otro cuarto, mañana hablamos.

Se levantó del asiento y, como para suavizar el enojo y acortar la distancia que el gesto anterior había creado, se acercó, dejó un beso en mi mejilla, un beso frío, apenas un roce de sus labios, y desapareció en la penumbra del pasillo, silenciosa, con el niño abrazado como si fuera el único amor seguro, ahora que dejó claro que no quería intimidad esa noche, quizá tampoco mañana, porque algo se rompía por la carencia de afectos, la presencia echada de menos, porque no estaba con ella cuando me necesitaba y tenía que llevar una carga sola que se le hacía penosa cuando los días pasaban y yo estaba investigando la vida de otros e ignorando la suya, la nuestra, que hacia el vacío se precipitaba sin darme cuenta.

Cuando el trabajo se convierte en obsesión, reto, desafío mediado por un valor más elevado que parece exigir la máxima entrega, que señala como egoísmo la prioridad de la vida personal, que enajena porque uno se lo acaba creyendo y nota como domina el alma y cautiva la voluntad, y si no se está a su servicio, reprende, inculpa, molesta.

Llegué a ser obediente a su mandato. No me daba cuenta del poder que sobre mí iba ejerciendo la necesidad de justicia para la peluquera, la obligación del castigo y de pagar la deuda para su asesino.

Mi conciencia se debatía entre dos tendencias: avanzar en la investigación y cuidar a mi pareja y al hijo nuestro. Como el tiempo que dedicaba a ambas exigencias resultaba insuficiente, la culpa se adueñó de mí: cuando trabajaba, la imagen de Elena y de Jairo me llamaba como una súplica de personas menesterosas que extienden su mano al paseante ajeno a su padecimiento; cuando estaba con ellos, el rostro de la muerta con sus tres puñaladas en el pecho, una certera, la desesperación de su familia, los ojos tristes de Jaime, me perturbaban el ánimo y me volvían un extraño cuando salíamos a pasear, a comer fuera, a hacer el amor y ellos se daban cuenta. Elena callaba, no quería apretar más de lo debido, pero una tristeza gradual la visitaba a menudo y daba consejos que no me beneficiaban, que se acumulaban en mi contra creando una deuda que no podía ser pagada.

Pensaba en ella cuando pasaba las horas apostado frente a su puerta, sentado en la furgoneta, pasando frío, con las piernas entumecidas, las manos con grietas; cuando todavía no tenía en mi posesión la libreta y todo era nada más que suposiciones, sospechas que otros del equipo no compartían y tenía que indagar a solas, por mi cuenta, sacando horas de mi vida, quitándoselas a Elena, poniendo las bases firmes para su abandono, para ver a mi hijo de fiesta en fiesta, para engrosar el número de los padres divorciados, tristes delante de unas hamburguesas, los cines y parques de bolas, mientras los niños se consuelan, aunque no se engañan sobre quién pone el tiempo, la vida en su cuidado, en su entrega.

Pensaba en Elena. Sabía cómo era, que no aguantaría, que ya estaría casi decidida, que, aunque yo abandonara el estudio del crimen, ella ya no tenía fuerzas; había dejado de amarme y de desearme, no gustaba de la persona que yo era ni de la vida que le proponía.

Sin embargo, yo pensaba en ella, hasta soñaba, y en sueños besaba su boca y la veía sonreír y llamarme por mi nombre hacia el lecho para contemplarla desnuda y tocar su piel tersa y hacerla gemir y sentir nuevamente su abrazo y el latido bajo su pecho, que ya eran sueños, fantasías, porque cuando regresaba a la casa que no era mía, sino de sus padres y de ella, la encontraba lejana y fría, sin deseo ni alegría: la decisión estaba tomada, me dejaría.

Aunque quisiera, no podía remediar el destino de nuestra familia, que estaba decidido por ella, aunque motivado por mí, porque en estas cosas suele ser quien toma la decisión final el más valiente, al que la dignidad le aprieta y rechaza una vida llena de soledad, de amor prometido y traicionado, de expectativas frustradas y ya no quiere engañarse más ni esperar a que todo cambie como si fuera una posibilidad.

Elena quería otra vida que yo no podía proporcionarle, porque no estaba dispuesto —ni tampoco sabía— a ser otro, a dejar la atadura que me sometía como si fuera otra amante que me atraía y, aunque frívola y mudable, me tenía sometido a sus encantos.

Cuando estaba delante de Elena, lo entendía todo. No me atrevía a acercarme a ella más de la prudente distancia, porque conocía su reacción firme e indignada, que había temas con los cuales no transigía y uno de ellos era la vida del hijo y la suya, que un marido descuidado, ausente, periférico, no era capaz de participar en darles sentido, compañía, abrigo, sino una sensación de desamparo, de deriva que ella no iba a permitir por más tiempo.

Cuando me alejaba de ella, solo en la furgoneta, con las rodillas frías y las manos con grietas, pensaba en ella y en Jairo y me daba cuenta de que los quería, que eran mi amor secreto, que no podía pensar en otra mujer, sino en ella, que mi hijo me enternecía y movía a su cuidado.

En ocasiones pensé en dejar la furgoneta vacía, abandonada en la avenida Imperio Argentina, cerrar su puerta y, con ella, todo interés en la búsqueda; renunciar, cambiar de puesto, poner una frutería e intentar por todos los medios recuperar a mi familia, demostrarle el amor, compensarla por tantos días de espera infructuosa, que perdonara mi vesania, que consistía en interesarme por una muerta y descuidar a la que permanecía viva.

Sin embargo, yo estaba detenido en otro momento, con las manecillas del reloj fijas en el día y la hora del acontecimiento; mi tiempo no era su tiempo, el mío estaba detenido en espera de una respuesta; el de Elena y Jairo avanzaba de forma resuelta hacia la vida, hacia cosas nuevas; el mío quedaba sujeto a lo ocurrido, al instante en que Gloria recibió la puñalada certera, la que la mató, y la mano que blandía el puñal tenía voluntad asesina, intención y conciencia.

Estaba obligado a desvelar el rostro de aquella persona que Gloria vio porque la mataron de frente con la saña del que quiere ver el rostro del terror o de la decepción por haber confundido el amor con la crueldad; un deleite maligno que no solo disfruta con matar, sino con el rostro de perplejidad de la que se creía amada, deseada, valorada, y descubre para su mal que era víctima de un ardid, de una trampa mortal; que no había amor, ni deseo, ni aprecio, tan solo aborrecimiento por sentirse atraído por quien repugna a los prejuicios de la maldad.

El puñal entró desde abajo hacia arriba, siguiendo esa dirección, con ese sentido, entre las costillas cinco y seis de la parte izquierda del pecho, donde se percibe el latido y el corazón, ingenuo, piensa que se encuentra resguardado, al abrigo del desamor y de los asesinos.

Mis ojos se obligaban a ver lo que Gloria vio venir hacia ella quizá bajo el engaño del amor, de una falsa promesa, de las últimas lisonjas o del ensueño desvanecido que demudó su rostro y el terror transformó su aspecto bello y atractivo en un rostro de muerta.

Aquel instante detenido en que la muerta estaba viva me atraía para permanecer en él y descubrir lo que ocurrió y ver cara a cara el rostro asesino que en la dimensión de la cronología pasa desapercibido.

Don Manuel, canónigo archivero de la catedral de Guadix, me lo explicaba cuando pasábamos de la sala de la sacristía al altar de la nave central donde reparten la eucaristía: «En este lado todo es temporal, sujeto a la cronología, a las adaptaciones necesarias, al día a día. Cruzando el umbral de la sacristía, todo se detiene, no hay anacronismos ni ideología, se entra en el ámbito de la eternidad, del presente perpetuo, donde Cristo sigue dando su vida».

Yo crucé la frontera, quedé preso en aquel día para desentrañar sus misterios, reconstruir la escena, dar vida y voz a quien murió y quedó en silencio, poner rostro y culpa a quien le arrebató el aliento, acortó sus días, cercenó sus alegrías, anuló sus posibilidades, burló sus sentimientos, utilizó sus pasiones y acabó con su vida.

El regreso desde el instante detenido hacia la vida que fluye, que cambia de rumbo, que se modifica, que sorprende y exige atención, adaptaciones, entrega, me resultaba difícil, al final imposible, y Elena notaba mi simulación en nuestras conversaciones superfluas, sin interés por mi parte, porque otra pasión me dominaba, me atraía porque un asesinato arrastra hacia el Hades no solo a la fallecida, sino a su familia, a los que la amaban y al que investiga.

Después, como Lázaro, volver a la vida se hace arduo, penoso, como si tuviera que vivir entre los vivos que ignoran la presencia de la muerte mientras que quien la presenció, quien tocó su frente pálida y el pecho perforado, la presiente en cada rostro, anticipa la tragedia, el destino final y se aleja involuntariamente del mundo y camina solitario hacia la cueva; siente el efecto, aunque la causa aún no se vea.

Ella pensaba, estaba convencida de que me había liado con una compañera del trabajo o con una de las peluqueras o con alguien de la familia de la muerta; que las mañanas, las tardes y las noches en la furgoneta eran una excusa para ocultar que dormía en otro lecho con otra pareja.

Como las ausencias se prolongaron, su afecto se enfrió; desapareció la melancolía y también la ira; el lugar que la indignación dejó vacío lo ocupó la indiferencia, que sepulta el amor y molesta a la convivencia.

A los siete años del acontecimiento, cuando la obsesión obraba su dominio y la ausencia de éxito la melancolía, abrí la puerta de casa y encontré su figura, en pie, los brazos cruzados, con el vestido azul que dejaba al descubierto parte de sus hermosos muslos, el cabello recién peinado, el rostro maquillado, los labios cerrados, serios, que acentuaban con un halo de misterio su hermosura, como queriendo mostrarme sin palabras a quién perdía y que aquella figura era tan solo la envoltura de la persona que escondía, más bella aún y, por lo tanto, mayor valor para la pérdida, más grande la necesidad de quien todo lo perdía:

—No quiero seguir más contigo, no aguanto ni te aguanto. Por favor, no me lo pongas más difícil. Tienes dos días para recoger tus cosas y dejar la casa vacía de ti, de tus pertenencias, aunque ya poco queda después de siete años de ausencias, excusas y falsedades. Mi abogado te enviará la cita para el acuerdo de divorcio. No te preocupes, no me mueven la venganza ni la mala saña; solo pretendo alejarte de mi vida, no de la de Jairo, pero sí de la mía. Después se lo explicaremos a Jairo, a quien has descuidado tanto como a mí. Y entiende bien la palabra, que resuene en tu cabeza para que no seas ajeno a las causas de mi decisión: descuido, porque las personas necesitamos ser cuidadas de males, de cansancios, de peligros, de enfermedades, de soledades, y tú nos has dejado abandonados cuando te hemos necesitado, requerido no sé por qué impulso, por cuál obsesión, por cuáles personas. Si algo ocultas, no lo sé, pero ya no me importa.

No supe qué contestar, me faltaban los argumentos que los sabía inútiles para contrarrestar la barrera infranqueable de la indiferencia, porque cuando hay ira o tristeza, algo se puede hacer para dar sosiego o estímulo de alegría, pero la indiferencia es una decisión absoluta e imperturbable, reacia a toda razón, escéptica ante las promesas, repudia el pasado, la historia común que tuvimos, los lazos, los placeres que se ven lejanos o extraños como una equivocación, como algo vano, sin huellas ni horizontes, tan solo pasado como el de una reliquia o una ruina que informa, pero no permite sentir ni caminar a su lado.

Para qué hablar, buscar palabras que impresionen, que pretendan envolver en un sortilegio equívoco a quien ya todo lo tiene pensado, decidido, que, en la estrategia del engaño, fomenten la culpa, provoquen un malestar moral por el abandono, por negar al hijo la relación diaria con el padre, para que ella decidiera por lo que le pesan otros, no por lo que necesita, por lo que sabe.

Permanecí en silencio. La observé dando pasos por la sala, cambiando de lugar, nerviosa, gesticulando enojo o cansancio, hasta que se detuvo y se sentó sobre el aparador del comedor para desde allí pedirme una opinión, una respuesta que la apaciguara o la encendiera y animara a iniciar una batalla de abogados, procuradores y jueces que no deseaba, pero que no dudaría en llevar a cabo si yo me negaba.

Conforme se movía, se trasladaba por los espacios que los muebles dejaban libres en la sala; yo la seguía y pensaba, no en lo que me exigía, sino en los cambios de su figura que la luz reflejada provocaba al dar con su cuerpo y regresar a mi mirada.

La veía bella, deseable, amable. Sentí lástima de mí ahora que la perdía por mi negligencia para valorarla, cuidarla, ponerme en su lugar, darle la prioridad necesaria. Llegué tarde para esta mujer apoyada en el aparador con los brazos abiertos asidos a la tabla, la cabeza baja mostrando sus cabellos ondulados, como leyendo en el suelo las voces de su pensamiento que, más tarde, convertiría en palabras.

Entonces levantó el rostro, firme la mirada, para exigirme una respuesta rápida. Me di cuenta de que mi presencia ya la molestaba; que cuando uno ha sido amado y ya no lo es, la proximidad genera un profundo rechazo del alma, una insoportable letanía que puede acabar en la peor de las distancias, la que produce el asco, la repugnancia, porque la imagen que una vez fue amada hoy se corrompe, se pudre hasta desprender la hediondez del desamor. No quise esto para mí, ni para nosotros, que lo vivido acabara en una fosa sepultado sin posibilidad de rescatar nada bueno, nada bello, nada sano.

—Te entiendo —le dije, con la voz cansada y triste—. Lo siento de verdad. Me alejaré de ti, no insistiré. Que sepas que no hay nadie, ni amante, ni interés, acaso, una obsesión o un deber, no estoy seguro, que la desesperación de algunos, la simulación de otros, los obstáculos, también la vanidad, es posible, se han adueñado de mi mente y alejado de vosotros. Lo he permitido, me he dado cuenta antes cuando me explicabas tus razones. Desconocía que en mí existiera esa debilidad que me ha hecho preferir a los de afuera y descuidar a los de adentro. Permíteme pasar la noche, hacer una maleta, buscar otro domicilio, almacenar mis cosas en un trastero. El acuerdo que hagas estará bien. Espero que cuando el momento duro pase, podamos hablar, centrarnos en Jairo, evitar contiendas.

—Duerme en el despacho. Entra en la habitación, arregla una maleta. En estos días ordenaré tus cosas y las dejaré en la sala para que las traslades. Luego, deja las llaves y cierra la puerta. La semana entrante lo comunicaremos al niño. Que descanses. Yo también lo siento, o lo he sentido antes, no ahora, porque ahora ya no lo siento. Buenas noches.

La vi alejarse, recorrer el breve pasillo y perderse en la oscuridad de la que fue nuestra habitación y ahora es solo de ella. Me fijé en su espalda, sus caderas, sus piernas, la escasa porción de piel del cuello que dejaba ver su cabellera. Entonces me invadió la certeza de que la había perdido y de que no me importarían otras mujeres, tan solo ella.

V

«Llegó la posibilidad de la primera cita, la que más me interesa, porque es única e inédita, nunca copia ni réplica, exenta de la servidumbre a la comparación con la que toda segunda ocasión se enfrenta; no hay posibilidad de cotejo, todo es novedad, descubrimiento, tierra virgen, aunque ella ya no lo sea.

Por primera vez estaría a mi alcance lo que contemplaba a través del reflejo confuso del espejo, lo que se mostraba remoto, aunque no estuviera lejos debido a los infinitos caminos de los haces dispersos de luz en el espejo que mi mano procuraba tocar extendida hacia delante como los ciegos, cuando ella se encontraba detrás y escapaba a mi intento.

Escudriñaba su rostro, su cuerpo, la prominencia de los senos bajo el chaleco, la delicada destreza de sus manos cortando mi pelo y convirtiendo el peinado en caricias de ensueño. Su rostro ovalado como las mujeres del Renacimiento, los labios gruesos cerrados y serios hasta que unas palabras escogidas, un comentario certero, lograban abrirlos para liberar el blanco de su dentadura en orden perfecto que había pasado sin duda por los arreglos del dentista para atraer la mirada y acentuar el deseo. Los ojos negros entonces también reían obligados por la musculatura de la cara, que tiene aprendidos sus movimientos para poner de manifiesto que se ríe o que la pena va por dentro. Su cabello... ¡Ah!, su cabello. Siempre reservado para otro momento, como las mujeres árabes, recogido detrás del cuello, guardado como una alhaja para mostrarla en secreto, hasta que un día lo liberó de ganchos y gomas que lo mantenían preso y se derramó sobre sus hombros, exaltó todo su cuerpo, añadió a su rostro un resplandor de pasión y de misterio.

Reprimí la intención de acariciarlo con mis manos suplicantes, menesterosas de un tacto de terciopelo, de perderme dentro de él como en un bosque tupido y denso, sentirlo en mi cuerpo, arropar mi sexo. La epifanía de su pelo me tentó el amor, lo confieso. También ardía en mi pecho un ímpetu posesivo, un afán de ponerla a mi servicio, de reproducir la relación que los amos de antaño tenían con sus concubinas, con sus siervas y sus siervos.

Adivinaba en ella la pasión desmedida, la facilidad para el encantamiento, la génesis de la ilusión que moldea la realidad al gusto de los sueños, la colaboración ingenua en el engaño que allanaría la tarea y dejarían su cuerpo a disposición de mi cuerpo. No era cuestión de precipitar los pasos, de tomar la delantera, esperaría a que la súplica por estar conmigo deshiciera cualquier resistencia. Seguiría sembrando expectativas inciertas con la peluquera, hasta que llegara la propuesta de vernos fuera de la peluquería, para la primera cita, la que más me interesa, la única, la inédita».

La anotación se detenía aquí. Un paso más, un avance en los planes, una demostración de contención, de dominio propio, de engañosa apariencia, también de intenciones, de las primeras muestras de perversidad porque ponía la trampa, extendía la red con la carnada más cruel, la promesa del amor, las lisonjas escogidas para estimular la autoestima, el valor que se da uno cuando otro lo reconoce y lo comunica. Todo lo que podía hacer creer a la peluquera que lo había enamorado, que con ella sueña, aunque ignoraba que lo que para él significaba regocijo para ella sería pesadilla mortal, el desprecio infinito, la humillación por su entrega.

Conforme leía páginas revisaba los datos que observaba cuando lo seguía, cuando estaba enfrente de su casa apostado, esperando una nueva maniobra, un nuevo conato, porque el asesino lleva grabada una carencia que le hace daño y lo impulsa a preparar un nuevo escenario, exhibir sus destrezas, repetir el acto que palíe la miseria que lo tiene atado a la divisa de Xavier de Bradomín: despreciar a los demás y no amarse a sí mismo. El reverso del Cristo como la obra de Nietzsche, que es antagonismo de lo ya expresado, de un mundo contrario donde el aborrecimiento de sí mismo no determina la suerte del prójimo, que ya es otro absoluto, no un sucedáneo del yo herido y asustado, que reclama venganza en otros cuerpos, en otros labios.

Quería el asesino exaltar la figura de Gloria, idealizar sus rasgos, para que, desde el pedestal al que ascendía, su caída fuera más sonora, más dramática; para que su destructor, como un nuevo Eróstrato, sintiera más orgullo, más sosegada la propia aversión que guardaba bajo su apariencia de hombre seguro, con logros personales, amante de la ciencia que algunos envidiaban porque desconocían su miseria.

VI

—Inspector Camacho, una señora lo espera en la antesala del despacho. Llamó primero para concertar cita y no venir en balde. El número que usted le proporcionó no responde; parece cambiado o anulado, porque hace seis años que usted se lo había dado, dice la señora. Entonces la he citado porque parece importante, según cuenta. Espero no haberme equivocado. Ha pasado por seguridad y nada raro han notado.

—No se preocupe. Hágala pasar, aquí la espero.

—Buenos días, inspector. Observo que ha ascendido, que antes era subinspector y ahora inspector, que creo que es mayor grado. Lo felicito, algo habrá hecho para lograrlo.

La reconocí de inmediato. Era Marta, algo cambiada, el cabello largo, su rostro rosado, las caderas ensanchadas y los muslos engrosados; es posible que durante estos años hubiera gestado porque los embarazos suelen cambiar las formas, las prioridades, la mente; hacen a las madres para algunas cosas más valientes; para otras, más pacientes y resignadas.

—Gracias, Marta, no me he olvidado de usted. El ascenso no es un premio, sino la única forma de dejarme de lado, retirarme de la investigación que no avanzaba y, como excusa, darme un puesto en apariencia más alto, insulso, burocrático. Pero, en fin, me alegra verla. ¿En qué puedo ayudarla?

—Creo que más bien le traigo la ayuda que usted buscaba y que pacientemente aguardaba cuando lo veía enfrente de la peluquería, observando a los clientes citados y a los que pasaban y miraban que pudieran estar en Gloria interesados. Le confieso que le sentía admiración y a la vez pena por no ver recompensado su trabajo. Comprendí que el mal es listo, se camufla, planea, se escapa muchas veces y deja desolados a los que con él se enfrentan.

—Siga usted, Marta. Estoy pendiente.

—La semana pasada, el viernes de mañana, llevé a mi abuela a la cita programada con su especialista en el Hospital Virgen de la Victoria. Tiene artritis, se le inflaman las articulaciones, le limitan los movimientos y deforman las manos. Sentadas, esperando, una hora de retraso porque los pacientes requieren su atención. Hay imponderables cada momento. Lo mismo pasa con los cabellos, que es difícil acertar con los tiempos. Con la mirada perdida, viajera de cuerpo en cuerpo, de rostro en rostro, imaginado los padecimientos, de repente, un hombre con bata blanca, enfermero o médico, salió del despacho veintiuno. Lo reconocí al momento. Se trataba del cliente de Gloria, el de los halagos, el anónimo que no dejó rastro, ni regresó como si supiera que Gloria no volvería, que hubiera muerto. Me acerqué con sigilo para leer la identificación que llevaba pinzada en el bolsillo de la bata, a su lado izquierdo: «Doctor Gerardo López de Balboa, Medicina Interna.

»Copié el nombre en las notas de mi teléfono. Regresé al asiento sin perderlo de vista, fijándome en sus gestos, hacer el cotejo con la memoria del suceso para identificarlo de modo correcto. No me cupo duda, era él. La misma apariencia de superioridad que convertía la elegancia en un rasgo de engreimiento, la afirmación de la distancia por ser médico y yo la acompañante de una enferma necesitada de sus servicios, de sus conocimientos, no de sus juicios, de sus regaños, de gestos altaneros que se escudan en el mérito logrado que le ha permitido ser médico y no peluquero. Como si fuera algo heredado, no circunstancial, fortuito, algo genético. No pude fotografiarlo, me dio miedo solivientarlo, no vergüenza, porque la memoria de Gloria en su tumba me libera de todo recato, pero no de la prudencia para que usted pueda investigarlo.

—Gracias, Marta. Es posible que tenga un gran alcance su descubrimiento. Las investigaciones policiales son deudoras de la casualidad, como la ciencia y el ingenio, pero para que la fortuna sonría, es necesario estar atento, no bajar la guardia, mantener alerta el sufrimiento, la indignación por saber que su amiga está en la tumba y el culpable suelto. ¿Observó algo más?

—Parece que la consulta de la que salió no es la suya, porque no regresó al menos durante el tiempo que yo estuve acompañando a mi abuela, que tiene dolor en las manos e inflamadas las muñecas. ¿Sabe? Le cuesta cerrar las manos, poner las pinzas de la ropa en el tendedero, manejar el cuchillo, cruzar los dedos. Me da mucha lástima, porque antes de la artritis bordaba con esmero, me hacía bufandas, chalecos, lo último que pudo terminar fueron algunos baberos. Disculpe, sigamos, que se me va el santo al cielo.

—No se preocupe, Marta. Su abuela merece su tiempo y a mí me gusta escuchar cómo se esmera en sus cuidados. A quien se ama se cuida y se duele uno con su deterioro y su sufrimiento.

Mi comentario no pasaba de una retórica improcedente que era negada por mi actitud, por mi proceder, por la realidad de mi trato hacia la mujer y el hijo que decía amar, pero que no cuidaba ni cuidé hasta perderlos. Acaso no era amor lo que me unía a ellos, sino otro confuso y confundido afecto, o quizá la expresión era incorrecta: que se puede amar y descuidar al mismo tiempo; que el corazón vive en una contradicción de términos; que dos cosas que en apariencia se excluyen puedan ser verdad; que no haya dilema de por medio; que toda combinación de valores es posible: cuidar sin amar, quizá por deber o por dinero, y amar sin cuidar porque exista un obstáculo misterioso, maligno, en la senda que conduce hasta la acción, el sentimiento; que el amor no es tan fuerte como se dice y claudica a menudo y recula por el miedo a falsearse, a decir «no puedo».

—Gracias, inspector, es usted un hombre bueno. Quizá entró a preguntar algo o por un documento, no sé, pero de su nombre estoy segura, se me quedó grabado al momento, como el día que nos comunicaron que Gloria había muerto, no por enfermedad ni por atropello, sino por mano de un asesino que todavía anda suelto, puede que disfrutando de la vida, puede que gozando de buen nombre, que esté contento porque la conciencia no le remuerda ni sienta la carcoma de la culpa en su cuerpo, porque existen malos, en la paz y en la guerra, que se ufanan de haber matado a otros que habían convertido en enemigos o en sujetos inmundos en sus pensamientos. Bajo la bata llevaba corbata y camisa de cuello tieso, elegante. Vamos, que no era como los jóvenes residentes que, bajo el uniforme blanco, o azul, o verde, llevan atuendo deportivo, visten de cualquier manera; algunos llevan chancletas y otras camisetas, pero que cuando te atienden son cercanos, humanidad de la misma materia, saben y estudian mucho y lo devuelven al paciente que necesita de su ciencia.

—Gracias, Marta, muchas gracias. Tomo nota y me encargo de estudiar al sujeto. Nada diré de su nombre. Preservaré su anonimato como fuente de los datos para que esté tranquila, no corra riesgos, ni reciba amenazas ni presiones de la prensa ni de otros interesados. ¿Qué es de su vida y de las compañeras?

—Ahora trabajo en otro lugar, más cerca de mi casa, porque he tenido dos niñas y ando como loca. Un día me dará un infarto, estoy segura, lo sé. Tome nota, inspector, no le miento. La dueña continúa con el negocio, dos compañeras también. Las cosas cambian poco y mejor así, porque cambiar para mal mejor no, hay que esperar cambiar para bien —me dijo antes de marcharse, sonriendo.

La información era importante, trascendente pudiera ser. Quedé pensativo, no sabía qué hacer. Fui relevado del caso, ahora no era de mi incumbencia, estaba en manos de otros que no se habían entregado como yo, que no les había costado familia y horas en vela y que lo único que sabían era lo aportado por mí; nada nuevo añadieron, solo visitas a Lucía para decirle que seguían investigando, que con el cambio se iniciarían nuevas líneas, que yo me había obsesionado con una vía estéril y que me apartaron para que otras mentes pensaran diferente y otros resultados se pudieran obtener.

Lucía quedaba tranquila, aunque a pesar de su enojo, me guardaba cariño por las horas juntos, por mi interés, porque sabía que su pesar me pesaba desde el primer día y que la entendía, aunque mi sentimiento no fuera igual, ni tan siquiera parecido ni pretendía ni esforzaba por parecerlo.

Tomé una decisión arriesgada, lo sé, investigar por mi cuenta, avanzar ya que conocía mejor a Gloria que los compañeros e imaginaba o intuía cosas. Podía acorralar al sospechoso, hacerle frente, que diera un traspié, un error, o bien, descartarlo para siempre y regresar al silencio dejando un informe como un testimonio final de mi fracaso.

Era necesario planear todo al detalle. El primer encuentro era importante como la primera cita que el doctor describiera en su libreta, que tendría en mi poder más tarde cuando se deslizó desde su bolsillo hasta el contenedor de desperdicios; que se sintiera como un colaborador entre otros muchos, como un posible testigo, que se relajara, que se creyera fuera de suspicacias, de recelos, como si sospecháramos de un paciente al que él atendiera, porque un día acudió a la peluquera y se prendó de ella, la molestaba, la seguía y pudiera ser que la matara cuando ella se resistiera, y tuviéramos que confirmar algunos datos cuando el juez instructor lo permitiera, pero que acudía a él por si notara algo extraño fuera de la consulta, al margen de los datos clínicos, de las confidencias. Un señuelo como el que él usó con la peluquera.

Esa fue la opción primera que luego deseché y sustituí por una más directa, la que abordaría el asunto de una forma más sincera, sin subterfugios ni circunloquios, pero planteándole que la entrevista era una rutina para que él se defendiera, estableciera una coartada y quedara fuera de toda sospecha, que no era bueno importunar a un doctor de su talento con la muerte de una peluquera, pero como había un testigo que por casualidad creyó haberlo visto algunos días rondando por la peluquería, que le parecía, no estaba seguro de que fue Gloria quien lo atendía, era necesario, por rutina, dejar todo claro, abrir nuevas vías, porque era posible que también él colaboraría, que nos diera alguna pista, una información de alcance, algún contacto, una ocurrencia; él, que tantos pacientes atendía, que muchos provenían de aquella zona y acaso algo viera, algo le contaran las habladurías.

Uno piensa en las posibilidades, la guía de la entrevista. Después se modifica lo pensado ante una palabra o un pensamiento inesperado que abre otras vías, otros derroteros para el diálogo, algo que se dice o se silencia, pero que un gesto delata lo que en el interior de la mente ocurre.

Entonces la conversación cambia, se adapta y explora nuevas hipótesis sin aferrase a las antiguas. Desligarse de ellas cuesta, porque es necesario modificar la presunción, redefinir los hechos, trasladar los indicios para configurar otra explicación. Cuesta trabajo renunciar a la primera explicación que tenía todo claro, todo ordenado, hasta que un nuevo dato impugna el modelo de razón que se aplicó, y también se produce cierto alivio al pensar que no se inculpa a un inocente ni se deja libre a un malhechor.

Permanecí sentado en la sala de espera de las consultas de Medicina Interna, la medicina verdadera, la que indaga y remedia sin abrir los cuerpos, utiliza la palabra, el tacto de las manos, los otros sentidos atentos, y muchas pruebas como si temiera lo que el cirujano no teme, que, al rasgar el pecho o el vientre, el alma se escapara, saliera, se fuera y prefiere mantenerla en la intimidad del misterio, que colabore desde dentro en definir el mal y poner remedio.

Sentado sin cita, viendo pasar pacientes, celadores, administrativos y enfermeras, llevando informes, muestras, sillas de ruedas. Los pacientes con paciencia, en espera, que no convienen las prisas cuando con la salud se juega. Cada uno tiene su tiempo; nada se presta ni se renuncia, salvo que una urgencia imponga su perentoria necesidad.

Lo vi varias veces cuando la puerta se abría de par en par; un paciente salía, abandonaba el lugar; otro entraba con su consulta, con su queja, con su necesidad. Estaba sentado en la butaca principal, apoyado en el respaldo, los brazos sobre el tablero, las manos en el teclado y la mirada al frente pasando de la pantalla al paciente. Después la puerta se cerraba y lo que allí ocurría regresaba a su intimidad. Salió la última persona citada.

—Gracias, don Gerardo, gracias de verdad.

Estas muestras de agradecimiento enfrían la ira, permiten configurar una imagen más completa del sospechoso, con sus matices de bondad, de buen ejercicio profesional, que preserva la razón y su maldad es una enfermedad del alma oculta bajo una capa de piedad, que no es disimulo rastrero, falsedad, sino que ambas conviven como el bien con el mal en el enfrentamiento permanente que en todo ser humano se da, que hacia el bien se suele inclinar, sea por miedo, por respeto, por convicción o por urbanidad. Pero en algunos seres la contención no es efectiva y todo el mal se expresa en un plan, en un hecho de impiedad para que después el sujeto quede tranquilo, en paz como un volcán que, tras la erupción, regresa al sosiego, dejando la lava incandescente esparcida, cercenando la vida, quemando alicientes en la hoguera de su crueldad.

También el asesino es diverso en su composición de valores, de habilidades; de ahí que pueda camuflarse y pasar desapercibido; más aún, despuntar en diferentes materias y en aparente humanidad.

Sin embargo, la síntesis de su carácter está al servicio de la intención maligna, que predomina cuando la soledad lo rodea, y todo ejercicio de simulación de las virtudes queda aplacado tras su utilidad para dar lugar al eje central de su comportamiento, que lo carcome, lo domina hasta la completa identificación.

Todos sus evidentes valores son subordinados al conflicto interno que lo domina y ejerce el poder jerárquico como en una dictadura o en una tiranía en las que hasta las acciones buenas y honorables se ponen al servicio, incluso para potenciarlo, del ímpetu asesino.

—Don Gerardo, ¿se puede? Con usted quería hablar.

—Mire no son horas. Sin cita no puedo atenderlo, pídala a su médico. Tengo reunión de equipo, no puedo tardar.

—Disculpe, no lo entretendré ahora. Soy el inspector Camacho de la brigada criminal. Dígame cuándo me puede recibir, cuándo podemos hablar, porque parece importante para resolver un crimen y quizá usted me pueda ayudar. Hoy no lo quiero molestar. Puede ser que esta tarde o mañana, usted dirá, fuera del horario laboral que observo dedica mucho tiempo a sus pacientes y yo no lo quiero molestar.

—Entiendo, esta tarde tengo guardia, mañana saliente, pero por la tarde ya estaré recuperado. Proponga usted un lugar.

—¿Le parece bien una cafetería cerca de su domicilio para que no tenga que desplazarse mucho? Prefiero hacerlo yo, que tengo la agenda más libre, mayor disponibilidad.

—De acuerdo, hay una tranquila en la avenida Imperio Argentina, donde tengo mi vivienda. ¿Le parece bien a las siete? A las cinco tengo un partido de pádel en el centro municipal. Me da tiempo a relajarme y duchar. Podemos hablar y colaboraré en lo que necesite. Faltaría más…

—De acuerdo. Hasta mañana, buen servicio.

Parece seguro este doctor López de Balboa, acostumbrado a las malas noticias, a darlas y a recibirlas. Ha recompuesto pronto el gesto tras la impresión inicial: quien está ubicado en el lado de una mesa para recibir desde el otro preocupaciones y confidencias desarrolla capacidades de actor, de transformar las apariencias para que el consultante se sienta más que escuchado, comprendido, y que tiene un aliado para afrontar sus males sin la soledad del que enferma, que pierde alianzas y afectos conforme la muerte se acerca.

Debo ir con cautela, siempre por detrás de sus expresiones, disimular mi suspicacia, sin precipitaciones ni molestias que puedan hacerlo consultar con su abogado y luego en comisaria me castiguen por investigar estando fuera de la causa y la sospecha no se pueda comprobar, se quede en nada, desaparezca.

En toda sospecha se establece una lucha de intuiciones, una rivalidad, un juego de palabras que desentrañar, porque las palabras tienen sus significados ocultos, las huellas de la maldad, velan lo que pretenden desvelar, se traicionan, dicen más de lo que se quiere decir o de lo que se pregunta, están al servicio de la angustia, permiten seguir el curso de contradicciones, de aquello que se ha dicho y es contrario o contrapuesto a lo que antes se dijo, y abren el camino a los pensamientos, los recuerdos culpables, la conciencia en guardia, la reputación atenta; las palabras permiten llegar más adentro, a lo que se esconde por temor a que se sepa, a la intimidad secreta, al cuerpo de la muerta.

Por una necesidad de causa incierta también pugnan por escapar, por salir de la celda, por contar lo que pasó, por hacer del acontecimiento una historia, algo que se cuenta, que le confiere sentido, interés y hasta belleza.

Acaso sea por eso por lo que muchos asesinos escriben sus acciones, las hacen relato, convierten en personajes a los que fueron carne viva y ahora son carne muerta, para que vivan en sus letras ahora que no hablan, ni sienten, ni gozan, ni padecen su existencia, sino que reposan en la memoria de otros y allí tienen su hogar, su permanencia, para que no se olvide y siempre se sepa que murió de tres puñaladas, una de ellas certera, Gloria, la peluquera.

El asesino escritor usurpa la palabra, el sufrimiento, convierte a la víctima en su personaje de novela, la hace pensar, sentir, actuar, de acuerdo con sus pretensiones, como una marioneta de la que sus hilos cuelgan de su pluma plasmada en la libreta.

Sin embargo, como todo tiene su reverso, la antítesis de la apariencia, el desgarro interno, la carencia infinita que quedó abierta, expuesta, hace años, quizá en la infancia, acaso en la adolescencia, su exaltación encubre un núcleo de persona humillada que compensa con escritos, con relatos y poemas, con planes, con su figura impostada, con sus logros personales, con el martirio de la muerta.

Desde ahí también emana el miedo, el rechazo, la ira, la reivindicación angustiada, la misoginia asesina, el propio desprecio, la impotencia de los logros propios para paliar el lamento, los planes perversos, las tres puñaladas clavadas en el pecho, una de ellas certera, sin remedio.

Cuando ese ser asustado y sangriento emerge, se hace cargo de la conducta y del pensamiento, entonces el peligro es cierto; hay que detectarlo a tiempo, ponerse a salvo, irse lejos, porque la inteligencia y la seducción se rinden al servicio del resentimiento, como el Anticristo del Apocalipsis, que se jactaba de grandes cosas, aunque era pequeño.

Entonces cualquier mal es insuficiente para paliar el odio acumulado que ciega la mente y convence al corazón con argumentos para que actúe sin freno y no ve que a quien mata es tan solo una representación, una fantasía sobre el origen de su ofensa;

no piensa que a quien mata no es al abusador de su infancia, de su adolescencia, sino a una inocente muchacha, apasionada, sincera, que trabaja en Portada Alta como peluquera.

El vicariato siniestro, la representación de la humanidad entera en una persona, un chivo emisario si carga con la infamia o expiatorio si es la culpa lo que encarna, es peligroso, un recurso para muchas limpiezas de conciencia, para que alguien cargue culpas o deudas antiguas que quedaron pendientes, irresueltas y se quieren cobrar en distinta cabeza, la que cae en el engaño, la más resuelta, porque existe un odio que elige sus víctimas entre las más gentiles y bellas.

Por eso existe método, estrategia, alevosía, culpa completa, porque la voluntad ha optado, ha tomado su decisión y deja de importar la ambivalencia, los titubeos de la conciencia, el empuje de las pasiones que apretaban con fuerza, que también había sufrido y eso pesa, pero cuando se decide, el pasado ya no importa, la voluntad es responsable de todo, nada justifica que haya matado a la peluquera.

Preparé el encuentro. Busqué en las redes información de don Gerardo López de Balboa, medicina interna. Aparecieron numerosos artículos en los que su nombre figuraba en tercer o cuarto lugar, nunca el primero; artículos sobre medicina, síntomas, tratamientos, pronósticos, nada fuera de lo esperado en un médico instruido que quiera mantener la reputación entre los pacientes y los colegas.

Pronto una entrada atrajo mi atención: tenía publicado un libro de poemas y una pequeña narración en un libro editado con otros escritores de un taller de creación literaria.

Desconozco de dónde surgió la intuición, pero desde un principio reconocí en él la vanidad de escritor, la enfermedad de la originalidad que pretender ser único, el primero, en lugar de imitar a los maestros, la necesidad de contarse a sí mismo a través de un texto el conflicto que domina su mente, de exponer no solo lo que hace, sino también su interior, su pulsión, su pensamiento.

En aquel momento no tenía pruebas, solo el presentimiento, la tergiversación del método, el pálpito del momento, la transgresión de la causalidad que requiere que a un antes siga un después. Adquirí el poemario y el libro colectivo de relatos, para conocer su sensibilidad, los conflictos de su corazón, los autores que lo influencian, el deseo de notoriedad, los impulsos que empujan a un sujeto a matar.

Los poemas del libro me resultaron fríos, distantes: juegos de palabras, combinación de adjetivos, pobres metáforas, exceso de imágenes que ocultan la sensibilidad, el miedo, la intención.

La prosa era distinta, el texto más revelador. Lo publicó un año antes de la muerte, nada lo podía incriminar. La tendencia de los escritores y guionistas gusta de alimentar las fantasías perversas de la gente, porque en cada persona vive un posible criminal, reprimido, a la espera de su momento, que nunca suele llegar, aunque a veces llega, si bien de otra forma, no tan extrema, porque se mata de muchas maneras: se mata la fama, la labor, la entrega, la lealtad, la promesa, la amistad, hasta la historia; se mata todo lo que duela.

Entonces se disfruta considerando lo que otros hacen en ficción. Así, la maldad propia se ve afuera y se analiza mejor para distinguir entre lo que se hace y lo que se sueña, ya que a la justicia humana solo le interesa lo que se hace, el hecho objetivo, no la intención del corazón, que es confusa y variable sujeta a la emoción del momento.

Si nos detenemos en la intención, cualquier acción puede ser justificada, que hasta el mal puede provenir del bien, como afirmara el obispo de Hipona. Me detuve en este fragmento que ocupaba la página diez:

«Para ella fue como una cita a ciegas, porque nada sabía de mí, salvo lo que leía en mi cabellera mientras yo mantenía los ojos fijos en ella. Incómoda me miraba en el reflejo del espejo. Entonces yo le mandaba una sonrisa, a la que respondía con otra mientras bajaba la mirada y volvía a centrarse en mi cabeza. La tercera vez que me cortaba el pelo noté que acercaba su muslo, luego su vientre, hasta reposarlo sobre mi brazo y el hombro como una caricia íntima que ella se daba, aunque soñaba que fuera mía.

Entonces la miraba como Alicia a través del espejo y ella sonreía sonrojada por lo incierto del efecto que sobre mí ejercía. Al pagar, la llamé en la calle para darle una propina y la despedida. Entonces le pedí la primera cita, en la calle Mauricio Moro, en su esquina con el paseo de los Tilos, a las veintidós horas, un cruce de caminos, de entradas y salidas, de viajeros cargados de equipajes y mendigos que se preparan para pasar la noche entre los soportales de la estación de autobuses, donde nadie se preocupa de ellos, donde nadie los ve. También nosotros pasaríamos desapercibidos, porque por allí la gente pasa deprisa, ensimismada en sus pensamientos, sin interés. Llegó puntual a la cita, muestra de su disposición, de su entrega, de la pasión que en el corazón latía, que decidía por ella y que ella seguía sin importarle nada más que una historia de amor elaborada en su fantasía.

La llevé a mi casa. Entramos por el aparcamiento, porque las cámaras son falsas, de pega, para disuadir a los ladrones y proteger las tropelías de los vecinos. Ella se ceñía contra mí como si contara con mi amor, como si necesitara de su brazo y de su mano inquieta acariciando mi cara, mi pecho y resbalando hacia la bragueta. Detrás de una columna me besó en la boca. No me gustó el sabor a cigarrillo y chicle de menta porque era más amargo que dulce, ni el intento de encenderme invadiendo mi boca con su lengua. La aparté con cuidado para que no interpretara la separación como un rechazo, sino como un aplazamiento momentáneo, que mejor estaríamos en casa, desnudos, sin que nadie apareciera de repente.

En la penumbra se abalanzó sobre mí, me hizo caer sobre el asiento. La veía jugar con mi sexo, meterlo en su boca, manosearlo febril, hasta manchar con esperma su ropa. Una sensación de repugnancia se adueñó de mí: ya no era la joven peluquera del ensueño, sino una meretriz que se entregaba a cualquiera, daba igual quien fuera, si yo o un sucio albañil. Cuando regresó del baño, contemplé su cuerpo dibujado de sombras; se sentó a horcajadas sobre mí para interpretar otra escena como habría soñado cuando rozaba mi brazo con su pubis disimulando con las tijeras en una mano y el peine en la otra que se concentraba en el pelo y no soñaba con coitos y ternuras de un amor apasionado. La rechacé alegando que era tarde, que mañana madrugaba, que tardaría en llevarla a casa. No ocultó su disgusto, se retiró con brusquedad y compuso su vestimenta en la oscuridad. "Llévame a casa", me dijo; "se ve que me he precipitado, lo siento". Mientras se vestía, la vi ridícula, con el sexo por bandera al que se entregaba fácil, sin preguntar, sin pruebas de amor. Me molestó que hubiera conocido y entrado en mi intimidad, que ella hubiera tenido la iniciativa y no ser la esclava de lo que yo necesitaba. Que marcara los tiempos y las

*formas. Se llevaba una marca de mí sin permiso ni consentimiento.
Entonces preferí que no existiera, que dejara de ser, que muriera».*

Se trataba de un relato, pero permitía encajar todos los datos: el encuentro, el móvil, la decisión, la estrategia que describía en el siguiente capítulo con detalle, las tres horas de ausencia, la candidez de la muerta, que era entregada, dispuesta para el amor, pero ingenua para el discernimiento de quién le convenía o no. Claro está que un relato no es prueba, sino ficción; de otro modo, muchos escritores estarían entre rejas.

Sin embargo, es mi experiencia que todo criminal tiene referencias, lugares donde se mira, donde se refleja; que en su mente trastornada confunde la historia imaginaria con una posible y hasta necesaria para saciar su apetencia, la violencia que reivindica, el mal con el que sueña. Debía ir con cuidado para no mezclar el relato con una declaración, no dejarme llevar por la fantasía cuando lo abordara. Mejor sería ir con calma, conocerlo, darle espacio de expresión, que pudiera mostrar su necesidad de apabullarme con su currículo, con su exaltación.

Me presentaría como un posible admirador que reconoce el mérito como el justo estratificador social, el que pone a cada cual en su sitio: al que vale más, arriba; abajo, el que menos mereció, porque se esforzó poco, se distrajo, no trabajó. La sociedad es justa, tiene su karma también aquí, y cada cual recibe lo que, en esta vida, quién sabe si en la otra, mereció. Así, todo queda en perfecto orden, no hay lugar para la queja ni la reivindicación: el que desee subir en este ascensor, que haga méritos, estudie, luche mucho, admire al que lo consiguió, vote a un partido liberal conservador, que son los que más entienden esta cuestión, no a la izquierda que ignora la predestinación.

VII

Llegué con una hora de anticipación. Contemplé cómo jugaba al pádel, cómo corría de un lado para otro, devolvía la pelota golpeándola contra las paredes de metacrilato o contra la alfombra verde que simula la grama o la playa, porque tiene arena esparcida para que los pies resbalen y los tobillos no se hagan daño.

Cuando ganaba o perdía el punto, chocaba sus manos con el compañero de juego, compartiendo los puntos a favor y puntos en contra, señal de compañerismo tanto en la victoria como en la derrota. La indumentaria era perfecta, de calidad, buena marca en cada prenda como discípulo de Aznar.

El juego me resultaba aburrido. Tanto empeño en golpear una bola, en vencer a un adversario, tanto enojo por perder, pequeñas exaltaciones que permiten ser o no ser. Me descubrió a lo lejos a través de las paredes transparentes. Levantó su raqueta perforada en señal de saludo.

—En la cafetería a las siete —le grité.

Hice un gesto para hacerle entender que vine con tiempo por ver el lugar, por si me apunto también a jugar, porque a un modesto inspector también lo anima codearse con gente de prestigio, dar un salto en la gradación social, ser amigo de licenciados y de gente de dinero que juega al pádel, al golf, viste de marca, se citan en las terrazas de los hoteles desde las que se pueden ver las torres, los nuevos inmuebles y los políticos provinciales se dejan caer.

Después de dar una vuelta por el club, asediado por el sonido de los golpes, adivinando la salida del laberinto por los pasillos entre pistas y murallas de metacrilato, abandoné el lugar. Me senté en la cafetería a esperar, hasta que llegada la hora lo vi acercarse con la bolsa deportiva en la mano, con el gesto obligado del que deducía que estaba donde no quería estar.

—¿Le parece bien un café o desea otra cosa?

—Un café estará bien.

—¿Algo para acompañar?

—Un cruasán, nada más. Para recuperar fuerzas.

—Por lo que he observado, se le da bien el pádel.

—No se me da mal.

—No quiero entretenerlo, por lo que le comparto el motivo de nuestra cita. Hace seis años apareció muerta una chica de veinticuatro años llamada Gloria Balbuena, de profesión peluquera, que ejercía en Portada Alta con otras compañeras. Después de muchas entrevistas a familiares, amigos, novios anteriores, compañeras de trabajo, algunos clientes que localizamos, no hemos dado con el responsable. Tan solo nos faltaba localizar a un cliente que no dejó señas personales, pero una compañera lo vio varias veces con Gloria. Incluso, en una ocasión, lo abrazó de forma afectuosa como si entre ellos algo más existiera. Por casualidad una compañera creyó reconocerlo cuando acudió al hospital acompañando a su abuela.

—Entiendo, no indague más. Ese cliente soy yo que en varias ocasiones acudí a la peluquería y me atendió Gloria, quien, por cierto, era amable y trabajaba muy bien. Siento mucho su muerte, no lo sabía. Ahora algunas cosas encajan. Le dije que era médico, usted sabe que todo se cuenta en las peluquerías. Ella me comentó de algunos padecimientos de su madre que la tenían preocupada porque se hacía mayor y se cuidaba poco y el médico de cabecera le decía siempre lo mismo: «La edad, Lucía; la edad, que no perdona». Me ofrecí a atenderla por si algo diferente podía proporcionarle o si eran cosas de la edad como su médico presumía. El último día que la vi, le traje una cita al final de la consulta. Quería remediar su preocupación, hacerle un favor por lo bien que me atendía.

»Ella se alegró, por eso me besó en las mejillas y me dio un abrazo sentido de agradecimiento, no de enamoramiento, porque nada de eso hubo. Pero el día de la cita no acudieron Gloria ni Lucía. Un par de veces pasé por la peluquería por si estaba allí, por si la veía. Como no fue posible, dejé el tema aparcado, abierto, ya que ella conocía dónde trabajaba, dónde podría encontrarme si la necesidad persistía. No volvió a aparecer, no la vi y regresé a mi peluquero de siempre en calle Compañía. Los días de asueto paseo por el centro, me paso por la librería, compro algo de ropa, tomo un helado en Casa Mira, aprovecho para perfilar la barba y recortar el cabello; después, un café en una cafetería de calle Carretería; como podrá observar tengo una rutina para los días de saliente y para otros días. Siento que esto haya ocurrido, era una buena chica. Agradable y bella, que todo hay que decirlo. No hablamos de más cosas. Cuando uno dice que es médico solo se habla de enfermedades, de problemas con las citas y de críticas veladas o explícitas al sistema y a la política. Es nuestra servidumbre, por eso solemos guardar silencio cuando alguien nos pregunta sobre nuestra dedicación, para que se nos corte el pelo y afeite la barba sin confesiones ni relación de síntomas propios o de un conocido, sea familiar, vecino o amigo.

El discurso fue largo sin necesidad de interrogaciones por mi parte, muestra de que estaba pensado, organizado en razones convincentes que lo exculparan de la sospecha y me devolvieran a la falta de un indicio convincente.

Si después de seis años la memoria está tan fresca, recuerda nombres, citas pendientes, es que ha sido trabajada, renovada frecuentemente; no olvida, lo tiene todo presente, vive en el pasado, en el hecho, analiza los errores, las lagunas de explicación, piensa en lo que otros pensarían si preguntan, si escuchan, si piensan, si sienten.

La memoria del asesino es estratégica, selecciona lo que le conviene para reconstruir la historia de manera que lo exonere, lo deje afuera de toda posibilidad de inculpación, como si nunca hubiera tenido nada que ver ni conociera a la peluquera, ni hubiera tenido sus brazos rodeando su cuello, ni sentido sus labios en sus mejillas ni apretado sus senos contra su pecho.

Yo me detenía, concentraba mis esfuerzos en las omisiones, las lagunas de espacio y de tiempo, las incoherencias, para impugnar la estrategia de la memoria que lo dejaba fuera del crimen, que abogaba por su inocencia.

—Entiendo. Observo que todo fueron coincidencias y que la imaginación de cualquiera relacione su presencia ese día, el del abrazo y los besos en las mejillas, con la ausencia de Gloria. Aunque para mí esté fuera de toda duda, mis superiores me exigen el respaldo de pruebas, de testigos que corroboren que desde aquel día no volvió a ver a Gloria. Compréndame, toda declaración requiere comprobaciones adicionales que permitan archivarla y dirigir las investigaciones hacia otro lugar, otro momento, del que pueda surgir el rostro que buscamos, el que la mató, la ocultó cerca de una acequia, en el campo donde antes hubo huertos y ahora está abandonado.

—Por supuesto. Tanto el hospital como yo conservamos los calendarios de guardias, los informes de esos días, los requerimientos del personal de urgencias para ingresar un paciente o darle el alta después de supervisar la actuación del residente. Cuente con mi ayuda, tiene mi consentimiento para solicitar la información en el área de personal o en mi departamento. Solo le ruego que tenga discreción, que evita que se corra la voz y la gente comience a verme como un delincuente.

—No se preocupe. Yo sé que la reputación no se recupera una vez que se lesiona, que queda el estigma, la difidencia, aunque sea inocente, porque no todo el mundo lo estima y se agarran al episodio para descargar la malicia, poner la zancadilla, exhibir la moralidad a costa de dañar la fama, de que otro la pierda.

—Se conoce que tiene usted experiencia.

—Lamentablemente sí, alguna tengo.

Los días siguientes fueron de desvelo: recorría pasillos del hospital, preguntaba, pedía permisos, apaciguaba suspicacias, enfriaba recelos. Utilicé órdenes judiciales de otro momento aprovechando que la gente lee de forma selectiva lo que le impresiona, lo que se puede después convertir en comentario, en chismorreo, en calumnia: «También ese, también ese», como le dolía a Federico que señalaran a Whitman de lo que él mismo padece. Nadie mira fechas ni consentimientos.

Seis años son muchos para la memoria, salvo que un acontecimiento la fije, la recuerde. Los residentes de aquella fecha ya están graduados, algunos ejercen fuera, en otras provincias, en el extranjero, donde los contratos son mejores y se conserva el respeto de la empresa y de los pacientes, no como aquí, que muchos van a la consulta en camiseta y con chancletas.

Tres horas de guardia en las que no fue llamado a urgencias, ni se le vio en la cafetería, ni recibió llamadas ni las hizo, ni habló con las enfermeras. El teléfono no se movió de su mesa, como si durmiera, pero era temprano para dormir de noche y tarde para la siesta. Cierto que tampoco nadie lo vio fuera, ni abandonar el hospital ni subir al coche, ni los guardias de las puertas que saludan a los que salen y reciben a los que entran, aunque nada afirman, de poco se acuerdan, porque, si no ocurrió algo especial, la memoria no registra la rutina por redundante y parecida todos los días sin diferencia. Tres horas en blanco que coincidían con las de la desaparición de la muerta que se despidió de sus compañeras a las nueve y cuarto, que no quiso ir con ellas a tomar una cerveza, porque estaba citada sin decir con quién ni dónde, pero ilusionada se la veía, notaron sus compañeras.

Me encontraba atrapado en el lodo de la indiferencia, con una firme sospecha, una intuición, un convencimiento íntimo. La lista de informes de aquel día era larga. Seleccioné los que involucraban a la medicina interna y anoté los números de colegiado que firmaban las altas a domicilio y los ingresos.

Cotejé horarios, planifiqué las entrevistas, tranquilicé al doctor informándole de que había comprobado su declaración, que todo estaba en regla, que las cosas ocurrieron como él las cuenta.

Entonces comenzó la obsesión, el reto, el pulso entre el criminal y el policía, entre la culpa y la apariencia; también mi drama, mi destrucción, mi pena por los descuidos, por dar prioridad al clamor de la muerta y no atender a la voz de la viva que me llamaba a su compañía, a estar cerca.

Esperaba que el criminal repitiera el mal, que con uno solo no se satisficiera, que le supiera a poco para calmar su trastorno, para encontrar por un tiempo reposo, para aliviar la queja. Pensaba en detectar una visita, una posible víctima a la que seguir, proteger del infortunio, anticiparme al drama, destapar la intención y demostrar que mi sospecha estaba bien fundada, que era cierta.

Por ese efecto que tiene la culpa de molestar a la conciencia, el autor del crimen no reposa, mantiene una vigilia interna, no cree las explicaciones que lo pueden tranquilizar, se sabe observado, ya que es él el que se observa.

En el doctor López de Balboa se daba un fenómeno complementario: ni la conciencia ni la culpa actuaban de esa manera, porque tenía sus razones de peso que lo convencían de haber obrado de forma correcta, como quien se quita de encima una deuda o venga una ofensa pendiente que la conciencia no remuerde, sino que aprueba y felicita por la justicia hecha. Su intranquilidad provenía del temor a ver afectada su fama. Le pesaba el temor a la mala reputación, no la culpa, que no lo afectaba ni remordía en la conciencia.

No se dejó engañar por mis palabras. Sabía que lo observaba, que no estaba convencido de su coartada, que me obstinaba en encontrar las fisuras, los hechos de relevancia que lo inculparan.

La vanidad es curiosa, le encanta ser vigilada, seguida en sus pasos, tener a alguien interesado, como esos famosos, actores, actrices y cantantes que se quejan de su notoriedad, pero que la estimulan con noticias y escándalos cuando la echan en falta.

En cierta medida, yo le interesaba, me había tomado respeto: me sabía leído, que me gustaba la ópera, que aborrecía el fútbol y los deportes de patadas, que me gustaba la vela, aunque no la practicara y me conformara con ver los barcos con las lonas desplegadas navegar hacia el horizonte con sus alas blancas, aprovechar el soplo de los vientos, romper con sus quillas las ondas del agua, confundirse con los brillos del sol o de la luna cuando rielaban.

Cuidaba su aspecto, con quién salía, con quién entraba; tenía una amante, o dos, porque dos muchachas se quedaban las noches en casa, una más que otra. Yo las seguía, no las descuidaba, no fueran a ser la siguiente víctima, aunque una protección mi presencia les brindaba, porque al sentirse observado no arriesgaba, solo aparentaba, salía con ellas, las besaba en la boca, después se despedían como un acuerdo de noches y salidas, no de vida compartida ni compromisos de cuidado como Elena me reprochaba.

Mientras, aguardaba en la furgoneta de la Policía, camuflada como transporte de víveres, aunque por dentro estaba dotada de sistemas de grabación, pero no para la comodidad del agente de guardia, porque sus sillones eran duros, anestesiaban las nalgas, obligaban a dar un paseo cada dos horas, bajo la noche helada, a veces cuando la lluvia caía con sus gotas llenas de polvo y manchaban el cristal sin dejar ver nada.

Durante las noches tranquilas, repasaba los informes, las altas y las firmas al lado de las horas consignadas. Un hallazgo me interesó: las altas de las tres horas durante las que Gloria desapareció estaban firmadas por la misma persona: Javier S. B., colegiado tres mil ciento ochenta y cuatro del Colegio de Médicos de Málaga, residente de cuarto año, resolutivo y entregado a los pacientes, sin ascos al trabajo. ¿Cómo que ningún momento fue supervisado por el doctor López de Balboa, que era su adjunto de referencia? ¿Cómo dio orden de ingresar a dos ancianos por neumonía y cuadro confusional uno, y por deshidratación otro, traído en camilla desde una residencia? ¿Dónde estaba el adjunto? ¿Por qué no constaba una llamada en el busca, ni en el teléfono de la habitación, de la que no salió hasta más tarde, de madrugada, cuando la presencia del doctor vuelve a estar documentada? Tenía que dar con el doctor del Colegio de Médicos de Málaga.

No fue tarea difícil. Ejercía como profesional en un centro de especialidades de la medicina privada debido a que finalizó su contrato de seis meses como sustituto de vacaciones de verano y ahora esperaba una interinidad, aprobar una oposición, cubrir una baja larga sin desear el mal a ningún compañero ni un parto complicado a una compañera.

Se trataba de un joven extrovertido y agradable el doctor Salcedo, con la mente despierta, de reacciones rápidas y voluntad dispuesta. Le extrañó mi presencia, pero, arropado por una buena conciencia, no puso pegas a mis preguntas, aunque no tuviera abogado delante ni yo permiso de mis jefes ni del juez para haber revisado sus informes. No opuso los obstáculos de la bioética a la necesidad de la verdad. Fue su opción, su preferencia.

—Gracias por recibirme, gracias por colaborar. ¿Le resulta posible recordar algo de aquel día? —pregunté mientras le ponía delante, sobre la mesa del despacho, los informes impresos firmados por él, con hora de llegada y hora de salida hacia el domicilio y dos hacia el ingreso, uno en planta, otro en la observación de pacientes graves.

Leyó los informes, uno por uno, concentrado, reconociendo su forma de narrar, de hilvanar síntomas y datos de laboratorio para, como conclusión, elaborar un diagnóstico, un tratamiento, una opción adecuada a la situación del paciente.

—Puedo recordar. Los enfermos que acuden en camilla desde las residencias me impresionan mucho, por su deterioro, por sus quejidos lastimeros e inagotables, por su soledad, casi su abandono. Hasta hace poco tiempo eran personas que interesaban a muchos porque contaban con dinero, su voto pesaba para decidir el gobierno, opinaban sobre todo, recibían respeto. Ahora ocupan una cama en las residencias del olvido, donde los visita la familia una vez por semana, los domingos; huelen a excremento, a pañal humedecido, a ropa de viejo, a antesala de la muerte, a nicho del cementerio.

»Cuando llegan, intento averiguar quiénes fueron para saber quiénes son, si puedo hablar con ellos, si la demencia o la confusión lo permiten o porque consigo atenderlos antes de que el técnico de transporte se haya marchado con prisas y los deje en un pasillo asustados, con una nota de la residencia: «Tiene fiebre y respira mal, no queremos que contagie» o «Hace días que no come lo suficiente, ni bebe; la presión arterial está baja y la piel marchita, más arrugada que la que por su edad le corresponde». Le digo todo esto, inspector, porque aquel día atendí a varios ancianos, ingresé al menos a dos a los que hice el seguimiento los días siguientes, cuando, algo recuperados, me contaron sus historias, ya no las clínicas, sino las de sus logros y acciones para que yo supiera que antes de encontrarse así, como yo ahora los encuentro, ponían en práctica sus capacidades, vivían de sus trabajos, ayudaban a la gente, decidían por sí mismos, eran diligentes. Por eso le digo, inspector, que no es un informe lo que me viene a la mente, sino una persona y recuerdo el día como una fecha que no se olvida por el trabajo intenso y las circunstancias que lo hicieron más pesado, más laborioso que otros.

—¿Me puede decir a qué circunstancias se refiere?

—A que mi adjunto, el doctor López de Balboa, me pidió que durante unas horas lo cubriera, que se había dejado en casa algo importante que no podía esperar; que saldría por la puerta de las mercancías para que nadie lo viera, sin el uniforme ni el localizador; tampoco el teléfono para que nada lo distrajera. Confiaba en mí, me dijo regalándome halagos a mi actitud como residente, como hacen los adjuntos para que nosotros trabajemos y ellos descansen. No me extrañó la petición, que era normal, solo que me dijera que saldría por la puerta de mercancías para que nadie lo viera como para mantener un secreto, salir y entrar de incógnito, ocultándose del jefe de guardia. «Sus razones tendrá», pensé. Lo mismo había quedado con alguien, algún laboratorio para dar una conferencia que le pagaban bien y que no pudo aplazar por la guardia y quería estar como Dios, en dos sitios a la vez, y cobrando, porque creo que Dios lo hace gratis, pero me imagino que a este aspecto de la divinidad renunciaba, aunque otros los exhibía cuando la oportunidad se presentaba.

—¿Entonces usted me afirma que durante unas horas el doctor no estuvo en su puesto de guardia?

—Exacto.

—¿Me podría decir cuántas? ¿En qué franja horaria?

—Es fácil saberlo por la llegada de los pacientes, porque yo tenía derecho a descansar unas horas para que él me sustituyera y después yo me hiciera cargo del resto de la faena: desde las ocho hasta las once de la noche de esa fecha.

—Han pasado seis años. ¿No titubea?

—Hay ocasiones que, por diversos motivos, dejan su huella porque en algunas se diferencian: los pacientes que llegaron medio muertos y después recuperaron la conciencia y que el adjunto me dijera que saldría por una puerta que no es de personal, para que nadie lo viera. Me dejó pensativo. Después regresó y se hizo cargo del trabajo hasta las doce y media. Me dio las gracias y me pidió que nada dijera con un gesto de complicidad, como quien hace novillos en la escuela y no quiere que el profesor ni los padres lo sepan. Me pareció una falta menor, una corruptela pequeña. No le di importancia, solo se me grabó sin darme cuenta. No titubeo, así lo recuerdo porque así fue.

—Muchas gracias, doctor. ¿Algo más me pueda decir del doctor López de Balboa?

—Lo trataba poco, más bien lo observaba en la distancia. Mire usted, esto que ahora le digo, es una opinión, una conjetura, puede que un prejuicio, una autodefensa del fracaso en adquirir notoriedad. O pudiera ser que no, que haya razón en ella y describa la situación de una forma parcelar pero cierta. Entre los médicos hay una variopinta gama de personalidades y estilos; no me refiero a su capacidad y entrega, a su saber o habilidades técnicas, sino a la forma en que llevan ser el brujo de la tribu, el recurso ante la enfermedad, el que dispone de la llave de la vida cuando la muerte acecha. Son atribuciones enormes que tientan la soberbia. Algunos lo llevan con humildad, sabiendo que la enfermedad llama a todas las puertas y a veces llama con tal fuerza que arrastra al médico o a alguien de la familia sin clemencia. Otros, quizá con más conflictos a cuestas, se engríen, se regodean en creerse la grandeza con la que los pacientes gustan de fantasear traspasando la omnipotencia que se asignaba a Dios, a los que aplican la ciencia. Pues bien, el doctor López de Balboa cojeaba de un lado de estas dos sentencias, se apoya mucho en la segunda y tenía en poco la primera.

—¿También, tengo entendido, que es poeta y escritor?

—Algo he oído, aunque no he leído nada suyo. Yo leo a Gaddis y a Foster Wallace; tengo entrenamiento para varios años, ya no me hace falta gimnasio, me basta con sostener los libros que pesan un huevo.

Este doctor Salcedo me cayó bien, como suelen caer bien las personas que facilitan el trabajo, colaboran en esclarecer, son independientes, sin temor al corporativismo ni a las represalias que otros temen y callan, y no comparten lo que saben porque el mundo para ellos es siniestro y solo piensan en sobrevivir o en sacar tajada de su obediencia, que será premiada si se someten a las reglas, no cuestionan nada y aceptan el mundo tal como es: los más dotados arriba, abajo los mediocres, aunque les duela y se inventen otras explicaciones e intenten por su resentimiento cambiarlo por otro soñado pero imposible, porque el mundo pertenece a los poderosos y esto se hereda, viene de nacimiento, está en los genes. Miembro de una generación más libre y democrática me pareció este doctor Salcedo a quien atento escuché.

Ahora lo veía todo más claro. Las nubes de la duda se disiparon, resplandeció un nuevo amanecer, las piezas encajaban: él salió durante unas tres horas, estuvo con Gloria, la mató, no sé bien porqué, la ocultó en Campanillas y regresó al hospital que está cercano, no más de diez minutos en automóvil. Entró por la misma puerta por la que salió, sin uniforme, como un proveedor en quien nadie repara y subió a su habitación. Se incorporó a sus tareas y nadie notó su ausencia. La sabía el doctor Salcedo, que interpretó la escapada como un asunto de prestigio, de compromisos de dinero con los laboratorios, aunque por dentro censurara la elección, que a los asuntos privados se les diera prioridad y los públicos se relegaran a un segundo lugar. Ahora era necesario conocer más a fondo al individuo, configurar el móvil del crimen, la motivación, por qué una muchacha atractiva y enamorada fue objeto de su violencia, no de su amor.

Para detener al culpable, antes es necesario comprenderlo, pensar como piensa, sentir como siente, para tener una idea del origen de su decisión, de cómo un impulso se convirtiera en una malvada acción que acabó con la vida de una muchacha en flor, que, en lugar de cobijarse bajo su sombra, la mató.

Planeé una nueva cita, estreché mi observación, repasé su libro, intenté adentrarme en el espíritu que reposaba en las palabras que utilizó, las que hizo poema, las que plasmó como narración, que cuando alguien escribe cuenta más de sí mismo que de los personajes o paisajes que describe. En todo texto existe una ocultación y a la vez una traición: lo que se quiere velar se revela, descubre la intención, de ahí que todo investigador sea un pensador de sospechas que desvela el significado oculto de los pensamientos, la moral, lo que hay en el reverso de las palabras y de la presentación social.

Dos días tardé para que descolgara el teléfono. Otros tantos para que me reservara un tiempo en su apretada agenda repleta de compromisos, al parecer todos más importantes que atender a un inspector de Policía que ya lo molestaba, le hacía daño, importunaba con sus preguntas, sus indagaciones, con la presencia de su sombra a la salida del trabajo, a la entrada del edificio, en las pistas del club de pádel, o cuando compartía con los amigos un café.

Me dejaba ver de forma deliberada, aunque no me acercaba y después desaparecía. Formaba parte de mi estrategia: crear una grieta entre mi apariencia de convencido por sus razones cuando manteníamos una conversación y la evidencia de mi escepticismo mediante una presencia fantasmal que podía ser vista pasar, aunque no consiguiera fijar una imagen, desentrañar mis facciones para conocer lo que pensaba, si realizaba una rutina de seguimiento o lo hostigaba para que diera un mal paso que todo lo pusiera al descubierto.

—Lo siento, doctor, no he tenido más remedio que volver a verlo, preguntarle algunas cosas, preocuparme por usted. En ocasiones hago mi ronda, vigilo si alguien lo acecha, si alguien enterado de nuestras entrevistas quisiera acosarlo, meterle miedo, callar su boca porque piense que usted pudiera dar pistas que lleven al culpable. Prefiero ser precavido y de vez en cuando rondar cerca de usted, conocer a sus amigos, ver quién se le acerca. Toda prudencia es poca cuando se trata de descubrir a alguien que ya ha matado y que lo puede volver a hacer. Quería informarle de esto para que no le extrañe y sienta que la Policía lo protege en alguna medida, la medida de nuestros recursos y posibilidades.

—Se lo agradezco. ¿Qué desea preguntarme?

—Hay un dato que me ha inquietado. No me pregunte cómo lo he llegado a saber, las cosas ruedan, pensamos que nada hay nuevo bajo el sol hasta que se produce un nuevo amanecer que trae noticias de interés. Le cuento. He sabido que el día del asesinato usted estuvo ausente de la guardia durante unas tres horas, que lo cubrieron los residentes, que no hubo incidentes y que regresó por el mismo camino que se fue, para evitar habladurías, mantener la discreción tal vez, por la puerta de abastecimiento por la que no paran de entrar cargas de camiones y furgones que permiten pasar desapercibido a cualquiera que lo desee.

—Está usted en lo cierto. Es un episodio comprometido, ¿sabe? Lo silencié para evitar tensiones con un amigo. Ahora todo queda lejos, no me importa hablarlo porque todo ha pasado.

—Cuénteme.

—Durante ese tiempo cometí un error; una traición, dijéramos; una deslealtad que avergüenza porque se le hace a un amigo, no a un desconocido y pesa el doble, por el adulterio y por la ingratitud. Me enamoré de la mujer de un amigo y ella me correspondió. Nos veíamos a escondidas aprovechando una ausencia, un viaje, unas horas libres. Me dejé llevar por la pasión; encima, correspondido, se alimentó el desenfreno y la simulación. Al cabo de unos meses, la conciencia me remordía porque se trataba de un buen amigo, aunque cuando el amor llama a la puerta, no respeta vínculos, lealtades; puede pasar por encima de todas las barreras, se vuelve ladino y mezquino, busca lo suyo y olvida el resto. En fin, llegó un momento en que era insostenible y decidí terminar el asunto, hablar con ella, dejar de vernos, apartarme, aprovechar que ellos se mudaban al extranjero para romper nuestros lazos y apaciguar los sentimientos. Aquella noche tenía guardia, pero era el único día posible para despedirme, poner fin a lo que nunca debió tener un principio. Tuve que organizar la tarea, no quería que nadie me preguntara ni que quedara constancia de mi ausencia, necesitaba recogimiento porque me acompañaba una pena, no fue fácil. Al día siguiente se marcharon a Francia y después a Suecia. Desde hace cinco años nada sé de ellos, así está mejor. Se conoce que también ella necesitaba distancia para recomponer su matrimonio o para separarse, no sé cómo todo entre ellos terminó.

—¿Quiere decirme que no podemos localizarlos, ponernos en contacto para que confirmen su declaración?

—¿Declaración? Creía que era una charla de amigos, una ayuda para su investigación. Me temo que nuestra relación está tomando un rumbo desagradable y quizá sea mejor que hablemos con un abogado delante.

—Siento haberlo molestado, pero comprenda usted que, si me diera al menos el nombre de ella, su profesión, un antiguo teléfono, todo se encausaría y le aseguro que dejaría de importunarlo y de ocupar su valioso tiempo con mi preocupación.

—Se llama Ingrid Sttauffer. Es alemana, directora de promoción de una casa de automóviles. Tenga su teléfono, ojalá tenga más suerte que yo. Le ruego sea discreto, no vaya a provocar lo que yo quise evitar.

—Descuide, guardaré toda compostura. Gracias, doctor.

Ingrid Sttauffer, mánager general de Volkswagen. México D. F. era su actual destino y ocupación. Una fotografía suya sonriente acompañaba la indicación. Le envié un correo a la dirección que figuraba en la página web, manifestándole mi interés y que el doctor López de Balboa me había facilitado algunos datos para localizarla. El mensaje era neutro para suscitar su atención. Evité datos personales, motivos alarmantes, no fuera a ser que algún subalterno lo leyera y la voz corriera más deprisa que mis sospechas, arruinando el asunto. Preferí que pensara que estaba interesado en adquirir un vehículo o una flota para las empresas hoteleras que España tiene en la Riviera Maya.

El olor del dinero abre puertas que parecen cerradas; hasta las ánimas del purgatorio lo abandonan ligeras cuando una moneda en el cepillo resuena.

No tardó en responder preguntando sobre mi interés, un poco precavida conforme le contaba el motivo de mi contacto, que desde España por todo el mundo la buscara hasta dar con ella en la Riviera Maya.

Pidiéndome discreción, corroboró la aventura con el doctor y que su marido no llegó a saber nada; que tampoco para ella significó nada; que fue un momento de sentimientos confundidos, un juego alocado, una añoranza de la adolescencia, pero que todo terminó la noche en que el doctor fue a despedirse y dar por concluidos los encuentros secretos, las pasiones ocultas que se potencian con las citas encubiertas, las simulaciones cómplices, las relaciones intensas sobre una mesa, en un coche, en el trastero de la vivienda. Confirmada la fecha, pregunté por la hora, la duración del último encuentro, de la despedida, si fue un adiós con la mano abierta o la última ocasión para estar cerca, las caricias, las lágrimas del adiós, aunque sin penas.

—No quisimos prolongar el encuentro. Fue bonito mientras duró, pero hay que aceptar el final de todas las cosas antes de que cambien y den problemas. Nos dimos un último beso y un adiós con la mano abierta como usted comenta, sin tocarnos de nuevo. Con el beso en las mejillas todo quedó claro, sin posibilidad de reencuentro. Creo que no estuvimos más de quince minutos. Lo sé porque me interrumpieron desde la agencia por un documento que faltaba. ¿Algo más quiere saber, señor inspector, antes de dar por cerrado este asunto que corresponde a mi vida pasada y no es conveniente que el pasado concluido perturbe el presente con nubarrones negros?

—Una última cuestión, Ingrid, y damos por finalizado el asunto. ¿Le comentó el doctor si tenía relación con otra persona, en concreto con una joven peluquera?

—No, no dijo nada. No tenía otra relación, que yo supiera.

Parecía la coartada perfecta, esa que le hace cuestionar al que sospecha si estará en lo cierto; si las intuiciones son correctas; si se empecina en una interpretación; si la envidia o la furia determinan y tuercen los razonamientos; si influyen en ellos hasta dar por seguro lo improbable, lo falso como verdadero, salvo por los tiempos que estuvo afuera: no firmó informes desde las ocho hasta la once y media. Tuvo más de dos horas para su labor siniestra. Dos horas encubiertas, dos horas durante las que Gloria, viva y soñadora, acabó muerta.

Mis siguientes pasos estaban limitados por encontrarme apartado de la investigación que llevaba camino del adormecimiento, si no fuera por las coincidencias que se enlazan como necesarias abandonando su contingencia.

Decidí intensificar mi persecución, romper la careta, hacerle saber a ciencia cierta que sospechaba de él, que no me cuadraban sus defensas, que existía una fuerte conexión entre sus ausencias y la desaparición de Gloria, que apareció muerta al lado de una acequia. Al principio pareció enojado, pero conforme los meses pasaban sin avances, confirmando su inocencia y dando por erradas mis intuiciones, varió su estrategia.

Me convertí en un espectador de su necesidad de ser visto, admirado, confirmado en su existencia. Parecía halagada su vanidad de observado, desplegaba citas con chicas bellas, risas con amigos, conferencias que concluían en aplausos de la concurrencia, para que yo abandonara y me convenciera de que él no necesitaba para nada a una peluquera.

Yo pensaba en Gloria, en los significados que su persona tuviera. Su fotografía, lo que de ella me cuentan, me permitía imaginarla vital, alegre, fuerte, llevando en el interior la pena de cargar con el padre y su borrachera, atravesando calles, cargando con él subiendo las aceras, limpiando el vómito que dejó en las escaleras para encubrirlo, para que nadie lo supiera; labrando un futuro con sus manos diestras, sabiendo que esa destreza proviene de la mente, de esa parte de la persona que no se ve, pero que cobra vida en las apariencias, en la tarea bien hecha, y también pensar en su debilidad, que nacía de esa necesidad que cualquiera tiene de ser reconocida, valorada, amada por alguien que se presente como especial, como la persona capaz de darse cuenta de lo que otros no perciben, la servidumbre de ser para otros, de prepararse para ser regalo, ofrenda inesperada de la vida, para dar felicidad y para recibirla, que en todo se guarda la esperanza de la reciprocidad, hasta el amor que también espera que se lo tenga en cuenta y la obligación que como obliga nada merece, pero le gusta si se agradece.

El mundo está sediento de comprensión y de reconocimiento. Ambos escasean, es cierto, pero como en ocasiones llueve hasta en el desierto, se esperan y se reciben con el corazón abierto cuando llegan, aunque contengan falsedad, no sean sinceras, como afirmaba Kundera: «Estamos preparados para los insultos; para los halagos, indefensos».

Confieso que mi alejamiento de Elena se sustituía en las noches de desvelo, en la espera incierta, por el afecto hacia la muerta que en mi fantasía cobraba vida y se acercaba a mí para decirme al oído el saber que solo ella tenía, que era mayor que el del criminal que nada más poseía la imagen que sucumbía ante su mano armada de un cuchillo. Pero desconocía la tristeza del desengaño, la perplejidad del desencanto, el llanto por la desilusión, el miedo por perder la vida que se ama y no tiene recambio ni equivalente. Todo eso no lo sabía el asesino, era patrimonio de la víctima, de todas las víctimas a las que se ha robado la vida, la sabiduría y el conocimiento.

VIII

Recién cumplidos los siete meses, estuve a punto de perderla. Una anticipación del efecto de su muerte definitiva, un aprendizaje inicuo, una preparación para la noticia; algo dentro dolía cuando no había motivo, cuando el mal no mostraba su rostro siniestro todavía.

La bronquiolitis fue intensa, severa; su rostro rosado se tiñó de violeta, arrebató la sonrisa que aparecía en sus labios de pétalos de flor abierta, cada vez que le cantaba, cada vez que la mecía, que le decía palabras de amor susurradas al oído y ella correspondía con una carcajada inmensa, echando la cabeza hacia atrás como partiéndose de risa siendo tan pequeña. Convirtió su respiración en un esfuerzo cruel para una niña; se hundía en el pecho la piel de su cuello, la de sus costillas; la niña no respiraba, la niña se moría.

La ingresaron, recibió ventilación asistida; la cortisona desinflamó los alvéolos engrosados, permitía la difusión de los gases desde el aire que inspiraba hasta la sangre que por sus venas corría. «La niña saldrá adelante. No se preocupe, Lucía», me dijo la doctora, portadora de las palabras que sosiegan el ánimo y devuelven la alegría. La niña viviría.

La recibí en mis brazos como el primer día, cuando después de nueve meses el rostro que imaginaba delante lo tenía: los ojos negros dibujados como almendras del campo de Andalucía, la nariz de su padre, la boca mía, lo demás de ella porque personalidad tenía; comía de mi pecho, dormía, agitaba sus brazos como una caricia, daba patadas al aire, reía.

El miedo, el terror que sentí aquellos días, es el mismo que ahora siento, como si aquello fuera una preparación, un aviso de las penas que me esperaban cuando el calendario llegara hasta esta fecha sombría, la manifestación del efecto cuando aún la causa no existía, pero este más cruel, más oscuro, absoluto, sin esperanza, sin solución, sin respiración asistida, sin salida distinta que el féretro, el nicho, la sepultura sellada por una loza de mármol, reluciente y fría que debiera tener escrito: «Te mató, hija mía, te mató una mano asesina».

Ahora mis días parecen noches sin luz, sin estrellas, sin luna. Todas mis sendas son sombrías, como la senda junto a la acequia del campo de Campanillas; nada ilumina mi corazón a oscuras, no hay vela ni bugía para esta oscuridad profunda, no la ilumina el sol de mediodía ni la luna llena con su melancolía.

Llega la noche, la noche fría, con tu ausencia infinita, tus cosas sin vida, el perro triste acostado en su alfombra a los pies de tu cama como todos los días, sin el consuelo de tu venida, que ya no vienes y pasan los días sin el sonido de tus pasos, de tu voz, tus risas, tus enojos, tus tristezas y alguna lágrima resbalando por tu mejilla.

Ahora tu cuerpo hermoso yace abandonado como estiércol, como basura, como desperdicio, lleno del barro de Campanillas; la ropa sucia, el calzado perdido, dos dientes rotos por la caída cuando fuiste arrojada al barranco del camino por el que casi nadie transita, nadie mira, nada se siembra ni nada crece, tierra baldía, invadida por la mala hierba, la que asfixia la semilla, la misma que alentó a la mano asesina que segó en un instante lo que mi vientre sembró, cultivó con esmero y dedicación durante diez meses lunares y cuatro días.

Cuesta mucho más levantar una vida que destruirla. El que mata nada sabe de los desvelos, los cuidados, nada sabe del amor que rodea a la criatura que destruye sin compasión, cegado por la maldad, ciego por la ira que ciega como los celos, que ciega como la envidia. Malditas las guerras, las violencias, las manos que asesinan, que no saben lo que cuesta dar a luz una niña, cuidarla, hacerla crecer, orientarla en la vida, o si lo saben, se regocijan en destruir lo valioso, negar la existencia, arrebatar el aliento, porque sienten el gozo perverso de talar el árbol milenario, destruir el monumento, rajar la pintura, reducir al polvo la escultura, derrumbar la iglesia, la mezquita, la sinagoga, la estupa budista, decidir quién vive y quién muere, imaginar que son los dueños de la tierra porque son estériles, sin capacidad de dar vida, por eso la quitan, la niegan, la asesinan.

El subinspector Camacho va y viene. Tiene buena intención, pero el mal lo supera, no encuentra las huellas, se le escapa el malvado, no presume su rostro, no se hace una idea. Realiza entrevistas, aguarda paciente encerrado en una furgoneta, mirando a la gente, tomando notas, recorriendo las calles, preguntando a los clientes; viene a verme cada vez que puede para darme consuelo, animarme en la espera. Acepta mis iras, se traga mi rabia, no se defiende, parece que también le duele como a mí me duele. Le pido perdón una y mil veces, porque sé que el criminal urdió la trama para escapar, para quedar impune, para matar y que no se lo arreste. Los años pasan deprisa para unos; para otros van lentos, porque el sentido del tiempo depende de los sentimientos.

El mío no pasa, se detuvo en aquel momento, cuando el corazón de Gloria dejó de dar sus latidos bajo su pecho. Se repite la noticia, se renueva el lamento, la escena la imagino hasta en los sueños, espero la justicia que ponga fin a mi tormento.

Camacho se esfuerza, lo observo, pero no avanza y creo que es mejor que vengan otros con la mente más fresca y puedan ver lo que para Camacho se ciega, que un hombre deprimido, abandonado por su pareja, que ve a su hijo de fiesta en fiesta para comer hamburguesas, no está para enfrentarse a un asesino, para dar con la tecla que lleve a localizar al malvado, lo detengan, juzguen y pague por lo que a Gloria le hizo sin motivo, por rabia, por envidia, por celos, por cosas malas, por ninguna buena.

Enrique me llama, se muestra tierno, espera recuperar a su madre obstinada en un solo pensamiento; quizá sienta celos, que la hija muerta pese más que el hijo vivo, que también la quiso como yo la quiero, pero de otra forma menos vehemente, porque existe un misterio en llevar una niña nueve meses dentro, en el vientre y después saber que por una puñalada para siempre se pierde.

Enrique habla con Camacho. Ambos se entienden. Le comenta pensamientos que yo no comprendo, ideas sobre cómo suele actuar el mal, cómo aparece, cómo se esconde, cómo simula que duerme y después actúa de nuevo como buscando su alimento. Camacho quiere atraparlo en ese momento, por eso hace guardia en la furgoneta o acaso porque está solo, porque nadie lo aguarda, porque nadie lo quiere.

Yo de esas estrategias no entiendo. Quiero la justicia, poner en el banquillo al sujeto que la mató, la engañó, porque ella sola no se acerca de noche a Campanillas, a un campo desierto. Antes hubo lucha, un secuestro, un engaño, conociéndola como la conozco, teniendo en la mente los enfrentamientos con su padre. Gloria era valiente, peleaba, no se aguantaba la bofetada, la devolvía. Quien la mató lo hizo cuando ella no lo esperaba, prueba de que existía confianza, estaba relajada, no presumió el odio de quien la mataba; si se hubiera defendido, habría señales de defensa propia en la piel, en las uñas, en la cara. Yo conozco a mi Gloria, nadie la pisaba. La engañaron, estoy segura, por los sentimientos, que es por donde mejor se engaña, y por ahí le vino la puñalada.

IX

He guardado silencio como los muertos lo guardan, condenados a que otros hablen por ellos, les usurpen las palabras, rellenen sus silencios, aunque sean ellos los que han sufrido las torturas, el tiro en la nuca, la bala por la espalda, la puñalada en el pecho, la soga en la garganta.

Ahora muchos buscan, indagan, estudian pruebas, vigilan de madrugada, pero el día de mi muerte nadie pasaba, nadie vio nada. Estaba sola con el asesino, engañada, ultrajada, no pensaba en que la maldad podía ser mayor que la recibida la noche pasada, cuando yo iba preparada para el amor, bien vestida, bien peinada, con la pastilla anticonceptiva tomada, con el corazón abierto y el alma enamorada.

Pequé de ingenua cuando le di otra oportunidad para explicarse y para que supiera que por ahí yo no pasaba, que no me respetó ni me respetaba, que me humilló y violó no solo el cuerpo, también el alma, que sufrió con la voluntad vejada cuando la fuerza se impuso al límite que ponían las palabras.

El engaño flota en el aire que respiramos, en la esencia del lenguaje. Cupido vuela entre las nubes, también el Espíritu Santo como paloma se mueve en el aire: transformamos la realidad, la tergiversamos, nos ocultamos, engañamos y somos engañados.

Tragamos las palabras que traen su veneno aderezado, como la pócima que provoca un plácido estado en el que convivimos con la falsedad de una representación que damos por verdadera o la tranquilidad que nos produce tener como falso algo que es verdad y parecía que no lo era.

En ambas celadas caí: acepté como ciertos sus halagos, sus ademanes de caballero, su búsqueda de un amor verdadero, su interés sincero. Rechacé como falsos los pensamientos prudentes, el aviso de la conciencia de clase, de la utilización sexual de las jóvenes que siempre hicieron los nobles con las mujeres del pueblo, avisos de la historia, señales de que la explotación aún persiste, de que el mundo no ha borrado la línea divisoria más diáfana y certera, la que lo divide entre pobres y ricos, porque es el dinero el que reparte el poder y las vilezas. Colaboré en el engaño cuando silencié la voz de la prudencia y puse oídos abiertos a sus sutilezas, pero nunca imaginé que su mente fuera tan perversa, enferma, violenta, que no se conformara con el sexo furtivo que me impuso: además deseaba verme muerta.

La resistencia a los argumentos forma parte de este gusto por vivir engañados y que vuelve a avisarnos de la dificultad que tenemos para asumir la cruda realidad: él sigue vivo, reconocido, complacido en su existencia; yo estoy muerta bajo el lodo de una acequia.

Mis sueños de prosperidad, de crear una empresa, convertirme en avanzadilla de estilos, de productos de belleza, maquillar a las actrices, a los cantantes, a las directoras de escena, tener buen nombre, buena reputación, que es lo que cuenta, hoy han sucumbido ante la violencia extrema, la que arrastra las vidas e impide que las personas realicen sus historias, se hagan presentes en el mundo, digan lo que sienten, lo que piensan, tengan su voz, no se silencien, no enmudezcan.

Sin embargo, en algún lugar recóndito del alma, el engañado ya se duele, percibe el efecto, aunque no vislumbra la causa, ya se inquieta, experimenta una angustia que aún no tiene cara. Yo la sentía, me acompañaba y la desechaba como visitante molesta, como un efecto sin causa; no le hacía caso, no la estudiaba porque no era lógico que doliera lo que estaba por ocurrir, lo que me esperaba en el lodo de una acequia.

Yo estoy muerta con tres puñaladas en el pecho, una de ellas certera, que me atravesó el corazón y el alma entera, que con mi vida se llevó mis sueños de peluquera, la ilusión por haber encontrado un alma gemela, un hombre instruido, sensible, apartado de soberbias, capaz de amar por encima de las barreras. No fue así, su cultura no era cultivo del alma para que las virtudes florecieran, tan solo ropaje de engaño, de impostura lisonjera, de armas de las tinieblas para atrapar una víctima suculenta para su instinto de rapaz que arrebata la presa y la arroja como despojo al lodo de una acequia.

Muerta, me duelen muchas cosas, porque, aunque los vivos lo ignoren, no lo sepan, los muertos no dejamos de expresar el oprobio recibido, el engaño y la violencia, si bien lo sienten otras almas, las que viven, hablan y piensan, a los que la muerte del muerto les duele y su clamor de justicia no los deja, sentimos a través de ellas, mediante ellas elevamos nuestra queja, en ellas tenemos puesta la esperanza de que se haga justicia a los que fuimos arrojados a las cunetas después de un tiro en la nuca, un disparo en el pecho o de una puñalada certera.

Mi madre, mi hermano, mi amiga Marta, la peluquera, Jaime, mi perro, y ese Camacho policía más pensativo que eficiente a quien visito por las noches y en sueños me besa y una vez me hizo el amor y no lo lamenta, aunque se avergüenza de haberlo hecho con una muerta; sin embargo, no se asusta ni lamenta, porque me siente viva a la espera de que se me haga justicia, de que se descubra quién era el que me sedujo, me apasionó con promesas, para después violarme, enterrarme un puñal enfrente de las tapias del cementerio de San Rafael, donde muchos sufrieron el mismo tormento, la misma pena, la injusticia infligida por quien se cree con el derecho a decidir quién vive y quién muere solo porque tiene más fuerza, las armas cargadas, el corazón asesino, la conciencia enferma, que nada le importa más que eliminar a quien lo cuestiona, que le haría pensar sobre sus actos, le crearía inquietudes, podría hacerlo pensar distinto de cómo piensa, lo convencería de que también vive en un engaño como el que utilizó conmigo, una sencilla peluquera.

X

«Solo con pensarlo, mi corazón latía más fuerte, más acelerado, preparándose para la entrega al deseo realizado, al agotamiento de la fantasía en el tacto de las manos, los labios rojos, la intimidad del sexo, la primera cita, la única importante, las siguientes son réplicas, peldaños del desamor, de la escala que desciende hasta acabar con la fantasía.

Gloria acudió a la cita con el cabello suelto, los labios pintados de carmesí sin exceso, los párpados dibujados como los ojos de las reinas egipcias ocultas en los enterramientos, vestía una falda corta con leotardos negros, un abrigo gris cubría su cuerpo. Fumaba un cigarrillo. Todavía el proletariado fuma más que los instruidos. Así les va, se cuidan menos, fallecen más, la evolución los retira antes con su implacable selección, como a los pobres, los imbéciles y los feos, ley enérgica contra la que no cabe objeción.

La recogí con el coche. Al entrar, me besó. Noté sus ojos brillantes por una vana ilusión. Se dirigía a mí con cariño, con palabras de amor; se alegraba de que me hubiera fijado en ella, yo todo un doctor y ella una simple peluquera. Le censuré sus palabras, aunque tuviera razón. Formaba parte del engaño, de la seducción, como si el amor rompiera todas las barreras que lo apresan y amenazan con su extinción: la posición social, la ideología, la religión… Solo es capaz de borrarlas durante la primera cita. Después sucumbe, se extenúa de su lucha contra las imposiciones, se agota cuando la pasión se enfría. Así ocurre en la literatura, el bienestar social se impone sobre la pulsión. Marx vence a Freud y a Marx la selección natural, que coloca a cada cual donde quiere sin misericordia ni justicia, a su libre arbitrio, con su caprichosa crueldad. Yo respeto esta ley, no la conculco, sino que la disfruto, no pierdo el tiempo en irrisorias transformaciones, en aspiraciones de igualdad contrarias a la naturaleza. Por eso voto a la derecha, por eso no tengo religión, por eso mi única norma es la ciencia y mi único amo, mi yo».

Cierro el cuaderno en esta sección para meditar en lo escrito, en las afirmaciones, las muestras de su carácter, sus convicciones. Detrás del ser exaltado siempre está el humillado. Esta exaltación de sí mismo, necia, estúpida, ilusoria y peligrosa, porque está tentada de darse forma cuando la angustia interior descubre la contradicción que el ángel ordenó a Juan escribir sobre la iglesia de Laodicea: «Tú dices: Soy rico; me he enriquecido; de nada tengo necesidad. Y no sabes que eres un desdichado y miserable y mendigo y ciego y desnudo». Y peligroso, añadiría yo porque el necio enfurecido puede arrasarlo todo, pues la única realidad que reconoce es su ira, que es lo más auténtico que atesora. En el momento que esa anotación se escribió, yo no disponía de evidencias que probaran que él la mató, no estaban claras las motivaciones, ni el arma que utilizó.

Permanecí vigilándolo en espera de un error, de una recaída, de que la angustia interior lo llenara de ira misógina, y a una de sus acompañantes la ultrajara como a Gloria ultrajó.

Me fijaba en ellas. No corrían peligro aparente porque eran de su misma condición social, pensamiento, dinero y formación. Solo el hecho de ser mujeres las convertía en posibles víctimas, pero era necesario otro aspecto para que la intención asesina despertase y buscara otra presa para la expiación: tenía que ser proletaria, que le hiciera sentir superior, poderoso, aristocrático, para que, al sentirse invadido por el amor, una tempestad de rechazo lo llevara al asesinato, a borrar la prueba de que un ser de otra clase, de otra condición, le gustara, lo enamorara, descubriera en ella valores que él no tenía e hiciera estremecerse su convicción de que eran los genes, no la mala fortuna ni la explotación, los que explicaban que él fuera médico de buena posición, conservador, que apoyaba la monarquía por su sentido del honor que es patrimonio del alma y el alma solo de Dios, aunque él no lo tuviera ni profesara religión. Su religión era la fuerza y él mismo su dios.

Pasaron meses sin compensar mis esfuerzos, ni remuneración por la pérdida de mi familia, del hogar donde refugiarme cuando la soledad aprieta y el viento frío hiela las manos y el corazón.

Después de vigilarlo, de seguirlo, de tomar nota de sus acompañantes para saber quiénes eran y si corrían riesgos como Gloria, regresaba al piso alquilado en la barriada de La Luz. Barriada obrera, bulliciosa, saturada de automóviles que no encuentran aparcamiento porque los edificios son antiguos; se hicieron cuando se pensaba que los pobres no tenían poder de adquisición para una vivienda y un medio de locomoción, que tenían que elegir entre ambos y suponían que se apañarían con el autobús. Planta cuarta con la pequeña terraza abierta a la avenida Isaac Peral. Para distraerme entraba a ver los partidos de aficionados en el campo del Roma Luz, más divertidos que los que dan por televisión, porque hay comentarios, bromas y compañerismo, y terminan tomando una cerveza en los bares cercanos.

En mayo, durante quince días que hay que aprovechar, paseaba por el bosque de naranjos del parque María Luisa, aromado de azahar y vestido de flores blancas como una caricia de la primavera para que no sucumbiera de tanta tristeza y escasos logros que insistían en llenar mi cabeza con la palabra fracaso. Fracasado como policía, fracasado como pareja y padre, fracasado en la investigación.

Notaba que el doctor se reía de mí, que era, como la peluquera, objeto del desprecio con el que él se despreciaba y luego colocaba fuera, en otro para destruirlo como víctima propiciatoria de su mal.

La única diferencia entre Gloria y yo era que yo no era mujer y ella sí lo era: bella y altiva, como le molestaba que fuera. Este parentesco me unía a ella, sentía su afecto llamándome a que insistiera, que no dejara olvidado su caso en los archivos como fue arrojado su cuerpo en el talud de la acequia lleno de lodo y de ramas de olivo que arrastró la torrentera.

Era curioso como la muerta ejercía de viva en mi conciencia. Me hablaba por las noches, confieso con vergüenza que alguna noche la besé y otra le hice el amor, que la obstinación me estaba perturbando sin diferenciar entre la imagen y la persona, entre deseo y cumplimiento, que la línea divisoria entre realidad y ficción, entre la esfera de la vida y la de la muerte, se hacía más delgada, más traspasable como la bruma que permite penetrarla, pero no ver nada ni orientarse. Como pasa en las películas, que la gente se sigue excitando con Marilyn Monroe y enamorando de Ingrid Bergman, sin reparar en que ambas están muertas. Las imágenes confunden, vencen al tiempo y resucitan a las estrella.

Hasta que llegó el día, el día de su error que yo esperaba al borde de la locura o de la extenuación y abandono del caso y de

Gloria y de Lucía que, junto con Elena y Jairo, se convertirían en un pasado remoto, en los nombres de mi desgracia, de mi aflicción, anclados en la memoria y activos en el corazón para recordarme que no supe, que no pude, que el mal me venció y, cuando me mirara al espejo, vería un rostro triste y afectado, sin estima, sin amor, sin reconocimiento, con el estigma del fracaso persiguiendo mis pasos, silenciando mi voz, porque para qué hablar, para qué tener razón… Todo se hunde en el lodo en el que el cuerpo de Gloria apareció.

Salía del domicilio, con su cartera en una mano y la chaqueta plegada en la otra, con la cual sostenía la bolsa de basura amarilla. Al tirar la bolsa al contenedor levantó también la chaqueta. Pude observar como de uno de sus bolsillos resbalaba una libreta que cayó con la bolsa en la basura sin darse cuenta. Esperé a que se alejara para recuperarla y marcharme antes de que la echara en falta, regresara a buscarla y me descubriera. La encontré entre mondas de patatas, cáscaras de plátanos y compresas. La agarré con todas mis fuerzas, era mi recompensa. Quizá tenía en mi mano todas las respuestas, la reivindicación de mi paciencia, el soporte de mis sospechas, la justicia para la muerta.

Comparto la anotación definitiva, la que contiene la confesión, la traición del escritor que, aunque censure lo que expresa porque compromete e inculpa, a veces se le escapa y lo cuenta porque la narración adquiere vida propia, propia conciencia, diferente de la del escritor, en ocasiones, más justa, más sensible, más recta.

«Tercera cita, la rutina está a la puerta. Ahora ella comienza a ser ella, una peluquera, conforme los destellos que yo le aportaba con mi fascinación van perdiendo su luz, su capacidad de transformación. Lo atractivo de todo amor es lo que uno pone de sí mismo en el otro rostro, que es reflejo, ilusión, pasión, imaginación, ensoñación. Cuando el rostro que se amó ya no refleja, sino que emite su propia luz, tenue, languideciente, sin promesa en los labios, sin misterio que explorar en el cuerpo que regresa a la anatomía, a los miembros, a las funciones, a la necesidad, es el momento de marcharse, de abandonar, de dar todo por finalizado; que quede claro que lo que parecía amor no era amor, sino pasión de un día, juego de la imaginación, rocío de la mañana, que con los primeros rayos de sol se disipó. Gloria llegó a las nueve y media y tocó en el portal. El marco de la puerta proporcionó el lienzo para su figura sonriente, preparada para gustar, creyendo saber lo que yo pensaba, lo que sentía.

Entró sin preguntar. Me besó en los labios, abrió la bolsa que traía para preparar una cena, ver un programa de televisión que le gustaba, donde unos cantan y otros dicen cosas hermosas después de la canción, con frecuencia excesivas para mi opinión, que engañan a la gente que después no consiguen en la vida lo que se les vaticinó, porque no hay espacio para tanto cantante, tanto escritor, tanto actor. Los oídos van escaseando, también el lector, y el espectador que iba al cine ahora prefiere la televisión con sus series de asesinos e historias de violación.

La noche transcurrió como ella dijo hasta que sintió la necesidad de los besos, de la confirmación de mi presencia mediante el tacto, la excitación que los labios y las manos desatan cuando acarician los lugares del cuerpo que guardan el secreto que lo estremece y cortan su aliento convertido en jadeo, en palpitación. Yo acariciaba su pelo. ¡Ah!, su pelo sedoso y largo esparcido por mi pecho. Lo tocaba con vehemencia, resbalando entre mis dedos, mientras ella con sus labios acariciaba todo mi cuerpo. Con un lenguaje ligero, prosaico, obrero, escuché su voz dando una orden, no un ruego: "Métemela bien dentro". Yo obedecí en un primer momento, de mala gana, lo confieso, no me gusta recibir órdenes ni en el trabajo ni en el sexo. Darlas es otra cosa, es privilegio del amo, del patrón; recibirlas, obligación del siervo. No me gustó su gesto, como si la pasión diera permiso para intercambiar los puestos, borrar las diferencias, adquirir un derecho, actuar por obligación. Después, quizá porque se envalentonó cuando yo seguí su mandato, y pensó que me tenía en su mano, que me tenía sujeto en la voluntad, no solo en el cuerpo, formuló otra orden con el mismo lenguaje, igual acento: «Mi amor, córrete dentro». Aunque estuviera precedida de la palabra dulce que pretende lograr cierto enternecimiento, la orden me asustó. Apareció el enojo, la cólera por dentro, porque leí en ella la intención de controlarme, además de por el sexo, por un embarazo, un hijo nuestro, que yo no deseaba ni quería, nunca me lo había planteado, menos aún con ella. No me entusiasmaba la idea, me causaba pavor, no entraba en mis planes tener un hijo con una peluquera.

Aquello había llegado demasiado lejos, le había permitido una ampliación desmedida a sus sueños, su engaño era completo y pretendía atarme por siempre a su ilusión. De forma acelerada me pasó por el cerebro su plan, la organización mediocre de una vida, el resentimiento con el que las clases inferiores gobiernan a los nobles, a los que se rinden cuando están enfermos, pero que, en lo más recóndito de su deseo, se encuentra lograr su sometimiento, que de amos pasen a siervos, que haya dictadura del pueblo como la hubo de los carceleros.

Entonces puse su pecho contra la cama, algo violento, lo confieso, la penetré bien adentro y dejé el esperma deseado por ella, en otra parte, en el recto, en esa región oscura de los cuerpos en la que conviven placeres y excrementos, gozos y humillaciones, gemidos y lamentos. Ella no quería, me gritaba: "Déjame, déjame, que así no quiero", "Me haces daño, no quiero". Después, como resignada, claudicando bajo mi fuerza, lloraba con desconsuelo, vencida, humillada, con el encantamiento roto por un mal sortilegio. No la convencían mis palabras, mis razones, porque en ellas había castigo, imposición, dominio, violación, como las fieras machos que sodomizan a otros para demostrar superioridad y dar lugar al miedo, buen aliado para el control de ofendidos porque los paraliza y deja indefensos. "Me has violado, me has violado", repetía mientras recogía su atuendo y el llanto empapaba sus cabellos negros.

La acompañé hasta el garaje y la obligué a subir al coche. Le dije que la llevaba, que vivía lejos. Repetía: "Me has violado, vejado, yo no quería eso". Yo guardaba silencio. No pedía perdón porque mi decisión era otra, que no requería perdón ni daba lugar al remordimiento. La dejé en su casa, le dije que hablaríamos al día siguiente, que lo sentía, que pensé que también le gustaba, en fin, que me dolía verla así, aunque era mentira, palabras de embustero, parte del engaño, del encantamiento, porque aquello fue una forma de ponerla en su sitio, de hacerle ver quién manda, quién tiene el dominio, quién era el amo, quién el siervo».

«Arreglé las cosas para abandonar la guardia y estar unas horas afuera, sigiloso, sin que nadie lo viera. Tuve que contar con un residente, hacerle saber que tenía un compromiso, que se me solaparon varios asuntos en la agenda, que volvería en breve, que guardara compostura, y nada a nadie dijera. Ingrid me sirvió de excusa convincente: cerrar una deslealtad pendiente el día de su partida, sin reacción posible, sin preguntas, sin exigencias.

Recogí a Gloria a las veintiuna cincuenta. Estaba seria, descompuesta, el rostro enojado, preparado para la pelea. Me dijo en el coche, sentada a mi derecha: "Me has violado, yo no quería de esa manera y me obligaste, abusaste de mi entrega. Lo he pensado muy bien, déjame en el camino de San Rafael, que yo llegaré a pie. Voy a ponerte una denuncia, te denunciaré".

Era noche cerrada de febrero, año bisiesto. La lluvia se movía a ráfagas con el viento. Me detuve al final del camino de San Rafael, donde las viejas tapias del antiguo cementerio fueron testigos de matanzas, de vengativos fusilamientos. Los culpables impunes, los culpables ilesos, creo que me inspiré en sus ejemplos. Miré hacia los dos lados y, acercándome a su rostro como si fuera a darle un beso, le clavé el puñal en el pecho, entre las costillas cinco y seis del lado izquierdo, y allí lo dejé para que su punta hiriente y su hoja afilada penetraran su corazón hasta rasgar sus cámaras y debilitar su cuerpo. Gloria emitió un lamento inspirado, no hacia afuera, hacia adentro; me miró a los ojos por última vez con mirada de súplica y desesperación, la mirada del desengaño, la perplejidad del desamor, la mirada de los muertos, inclinó la cabeza sobre el pecho y expiró.

Dejé el puñal en el sitio mortal hasta la empuñadura. No sangraba porque su sangre se esparcía por el interior de su pecho. Seguí directo hacia Los Prados, luego Campanillas, un camino abandonado, hasta el talud lleno de barro donde la arrojé. El lodo fluía con el agua de las últimas lluvias hasta que cubrió su cuerpo, retiré el puñal y lo hundí otras dos veces en su pecho, sin acierto, sin determinación, tropezando con las costillas, tampoco sangró. Allí la dejé con sus planes de embarazo y de denuncia. Arrojé el puñal al río para que nadie lo encontrara, nadie diera con él. Pensé en ella un par de días. Después la olvidé, hasta que un inspector vino a recordármela seis años después. Lo confundo, lo evito, me doy tiempo, hasta juego con él, porque la prescripción del delito está cerca y mi tranquilidad definitiva también».

Lloré de rabia, también de alegría, con exactitud no lo sé; no siempre uno es capaz de reconocer la emoción que lo domina, la que hace emerger las lágrimas que durante años no humedecían los ojos ni resbalaban por los surcos que han dejado en el rostro las preocupaciones, las agonías, el paso de los años y alguna que otra alegría. "Lo tenemos, Gloria, lo tenemos, se te hará justicia, no escapará esta vez", decía en voz alta, en la cabina de mi coche, las ventanillas subidas empañadas de vaho, como si la muerta me escuchara, como si conmigo se estremeciera ahora que yo sabía lo que ella supo desde un principio, porque sintió el puñal empujado por la mano asesina que lo blandía hundirse entre sus costillas cinco y seis, mientras la vida se le iba y su aliento quedaba atrapado en su pecho.

Me instalé en mi piso, avenida Isaac Peral número diez, barriada de La Luz, obrera, acogedora, que me inspiraba para elaborar el informe definitivo consignando todos los indicios, las indagaciones, los datos que estrechan el círculo, aunque no demuestran nada, pero preparan el escenario donde la confesión del escrito encaja y proporciona todas las respuestas por sus descripciones precisas, aunque el cinismo y la arrogancia hagan daño y tienten para aplicar la ley del Talión, vida por vida, ofensa por ofensa, justicia por rabia, maldición por maldición. Entregué el informe a mis superiores, sin precisar la forma de mis averiguaciones, poniendo el acento en la casualidad que compensa esfuerzos en ocasiones y en otras los niega.

Gerardo López de Balboa, medicina interna, acomplejado perverso, por formación reactiva aparentaba abolengo, aborrecía a los obreros porque era como ellos y se avergonzaba de serlo, no alegó excusas y aceptó la condena.

Su figura sustentada en una arrogancia sin límites ahora languidece lentamente esculpida por la tristeza proveniente, no del dolor por el mal cometido, sino por el efecto implacable que tiene sobre las almas la rutina pertinaz del encierro, el pensamiento sin respuesta, la ausencia de espectadores, la soledad completa que lo convierte en su propio enemigo, su juez y su verdugo cuando ya nadie se interesa como si fuese yo el que le suministraba vida, aliento, mientras dormía y yo estaba afuera pasando frío, incómodo en la camioneta, esperando una llamada, una visita indiscreta, un error, un atisbo, una respuesta que hiciera justicia a Gloria, la hermosa Gloria, la peluquera.

Agradecimientos

Agradezco a Augusto López García sus comentarios y recomendaciones para mejorar el estilo y la estructura del manuscrito. Y a Concepción Ruiz Higueras y Miguel Ángel Pérez Abad, sus observaciones tras la lectura del borrador.

Índice